세일즈맨의 죽음

Death of a Salesman

DEATH OF A SALESMAN
by Arthur Miller

세계문학전집 218

세일즈맨의 죽음

Death of a Salesman

아서 밀러

강유나 옮김

민음사

차례

1막

플루트 선율이 들린다. 잔잔하고 섬세하며, 풀밭과 나무와 지평선을 떠올리게 하는 음악이다. 막이 오른다.

정면에 '세일즈맨'의 집이 있다. 고층으로 솟아오른 각진 건물들이 그 집을 온통 둘러싸고 있다. 푸른 하늘빛이 집과 앞 무대만 비춘다. 나머지 부분은 성난 듯 오렌지색으로 타오른다. 차츰 밝아지면서, 작고 부서질 것 같은 집 주위로 견고한 아파트 요새가 보인다. 이 집에는 현실에서 스며 나오는 꿈과 같은 분위기가 감돈다. 중앙의 부엌은 꽤 사실적이지만, 식탁과 의자 세 개, 냉장고 외에 다른 부엌 세간은 보이지 않는다. 부엌 뒤쪽에 커튼으로 가린 출구가 있어 거실로 이어지게 되어 있다. 부엌 오른쪽으로는 60센티미터쯤 올라간 높이에 놋쇠 프레임의 침대와 딱딱한 의자 하나만 있는 침실이 보인다. 침대 위 선반에는 은으로 된 우승 트로피 하나가 놓여 있다. 옆의 아파트 쪽으로 창문이 하나나 있다.

부엌 뒤편으로 2미터쯤 올라간 지점에 아들 방이 있는데 지금은 거의 보이지 않고 침대 두 개와 방 뒤편으로 난 지붕 창만 어렴풋이 보인다.(이 침실은 객석에서 보이지 않는 거실 위편에 있다.) 왼쪽에는 부엌에서 그 방으로 올라가는 계단이 있다.

전체적인 세트는 전부 혹은 일부분이 투명하다. 집의 지붕 선은 그려 놓은 데 불과하고 그 아래위로 아파트 건물들이 보인다. 집 앞에는 무대 앞 튀어나온 부분이 있는데, 앞 무대를 빙 둘러 오케스트라 박스까지 연결되어 있다. 이 앞 부분은 뒤뜰인 동시에, 윌리의 상상 속 일들이 일어나는 공간이자 그가 다니는 대도시 공간이기도 하다. 극 중 전개 시점이 현재일 때 배우들은 가상의 벽을 지키면서 왼쪽 문을 통해서만 들어온다. 그러나 과거를 다루는 장면에서 이런 경계는 깨어지고, 등장인물들은 벽을 '통과해서' 방을 드나들고 앞 무대로 나온다.

오른쪽에서 세일즈맨 윌리 로먼이 샘플이 든 큰 가방 두 개를 들고 들어온다. 플루트 연주가 계속된다. 윌리에게도 들리지만 그는 음악 소리를 의식하지 못한다. 윌리는 예순 살이 넘었고 옷차림이 점잖다. 무대를 지나 현관으로 오는 그는 지친 기색이 역력하다. 문을 따고 부엌으로 들어와 안도의 한숨을 쉬며 짐을 내려놓고, 아픈 손바닥을 만진다. 한숨 같은 소리가 입술에서 흘러나오는데, 아마 "아이고, 아이고." 정도의 말인 듯하다. 문을 닫고 커튼이 쳐진 부엌

문을 지나서 가방을 거실로 들여놓는다. 아내 린다가 오른편 침대에서 기척을 내더니 일어나 가운을 입고 바깥의 기색을 살핀다. 린다는 대체로 명랑하지만, 윌리의 행동을 봐주면서 꾹 참는 버릇이 있다. 그녀는 남편을 몹시 사랑하고 존경하며, 그에게 성마른 기질과 성질, 황당한 꿈과 자잘한 심술궂음이 있다 해도 그것이 남편의 내면에 있는 격한 바람 때문이라는 것을 안다. 그 바람은 린다의 마음에도 있는 것이지만 감히 입 밖에 꺼내거나 대놓고 추구하지 못하는 것이기도 하다.

린다   (침실 바깥에 있는 윌리의 기색을 살피다가 조금 떨리는 목소리로 부른다.) 여보!

윌리   괜찮아. 돌아왔소.

린다   왜요? 무슨 일이 있었어요? (잠시 침묵) 무슨 일이라도 생겼어요, 여보?

윌리   아니, 아무 일도 없었어.

린다   차를 박은 건 아니죠?

윌리   (좀 성가셔하며) 아무 일도 없었다니까. 아까 한 말 못 들었소?

린다   어디 불편하기라도 한 거예요?

윌리   피곤해 죽을 지경이야. (플루트 소리가 잦아들었다. 윌리는 린다 옆 침대에 앉는다. 좀 멍하니) 할 수가 없어. 도저히 할 수가 없어, 여보.

린다   (아주 조심스럽게, 자상하게) 하루 종일 어디 있었어요? 아주 피곤해 보이는데.

월리 용커스보다 더 위로 올라갔었소. 커피 마시려고 잠시 섰지. 아마 커피 때문이었을 거야.

린다 뭐가요?

월리 (잠시 뒤) 갑자기 더 이상 운전을 할 수 없었어. 차가 자꾸 길가로 빠지는 거 있지?

린다 (거들어 주려는 듯) 저런, 또 핸들이 문제인가 보네. 안젤로는 우리 차를 볼 줄 몰라.

월리 아냐, 내가 문제야, 내가. 정신을 차려 보면 시속 100킬로미터로 달리고 있는데 이전 오 분간 뭘 했는지 생각이 안 나. 나는…… 아마…… 정신을 집중할 수가 없나 봐.

린다 안경 때문인지도 몰라요. 도통 안경을 새로 맞추려고 하지 않잖아요.

월리 아냐, 눈은 잘 보여. 돌아올 땐 시속 16킬로미터로 왔어. 용커스에서 집까지 네 시간이나 걸렸어.

린다 (체념한 듯) 여보, 쉬어야 해요. 이런 식으로 계속 살수는 없잖아요.

월리 플로리다에서 쉬고 온 지 얼마나 됐다고.

린다 하지만 정신을 쉬게 하진 못했죠. 당신은 지나치게 정신이 활발해요. 정말 중요한 건 정신인데 말이죠.

월리 아침에 새로 시작해야겠어. 아침이 되면 좀 나을 거야. (린다가 월리의 구두를 벗긴다.) 빌어먹을 구두 깔창이 사람을 잡는군.

린다 아스피린 드세요. 하나 가져다줄까요? 좀 나아질 거예요.

윌리 (새삼스럽게) 죽 운전을 하고 있었다고. 난 괜찮았어. 심지어 경치도 바라보았어. 매주 외근 다니는 내가 새삼스레 그 경치를 바라보았다니 상상이나 가? 그런데 린다, 거긴 아주 아름다웠어. 나무는 무성하고 태양은 따뜻하고. 나는 앞 창을 열고 따뜻한 바람에 내 온몸을 맡겼지. 그런데 갑자기 길가로 빠지고 있는 거야! 그게 말이야, 운전하고 있다는 것을 완전히 잊어버린 거였어. 만약 흰 차선 너머 다른 길로 들어갔으면 누군가를 치어 죽였을지도 몰라. 그래서 다시 정신 차리고 갔는데…… 오 분 뒤에 또 몽롱해져서는 하마터면……. (손가락 두 개로 눈두덩을 꾹꾹 누른다.) 자꾸 생각이 나. 아주 이상한 생각이 난다고.

린다 여보, 다시 얘기해 보세요. 당신이라고 뉴욕 본사에서 일하지 못할 이유가 어디 있어요?

윌리 뉴욕에서는 내가 필요없어. 나는 뉴잉글랜드에서 일하는 사람이야. 뉴잉글랜드에서야 펄펄 난다고.

린다 하지만 당신은 예순이에요. 매주 외근을 나갈 수는 없다고요.

윌리 포틀랜드에 전보를 보내야겠어. 내일 아침 10시에 브라운 앤드 모리슨 상사에서 온 사람을 만나 샘플을 보여 주기로 했거든. 물건을 팔아야지, 젠장! (재킷을 다시 입기 시작한다.)

린다 (재킷을 벗기며) 내일 하워드 사장에게 가서 뉴욕에서 일하겠다고 말하면 안 돼요? 당신은 너무 고분

고분해요, 여보.

윌리 　만약 와그너 회장님이 살아 있다면 나는 지금 뉴욕 책임자일 테지! 그분에게는 제왕 같고 주인다운 풍모가 있었어. 하지만 그 아들 하워드 사장은 뭘 몰라. 내가 처음 북쪽으로 올라갔을 때 와그너 상사는 뉴잉글랜드가 어디에 있는지도 몰랐다고!

린다 　그런 얘기들을 하워드에게 한번 해 보세요.

윌리 　(용기가 나서) 그래, 꼭 해야겠어. 치즈가 있나?

린다 　샌드위치 만들어 줄게요.

윌리 　아니, 그냥 자요. 우유 마시면 돼. 금방 올라가겠소. 애들은 왔고?

린다 　자요. 해피가 오늘 밤 비프에게 데이트를 시켜 주었어요.

윌리 　(흥미가 생겨) 그랬어?

린다 　둘이 욕실에 앞뒤로 서서 함께 면도하는 모습을 보니 참 좋더라고요. 게다가 같이 나가고. 온 집 안에 셰이빙 로션 냄새가 진동하는 거 있죠?

윌리 　생각해 봐. 집을 사려고 평생 일했어. 마침내 내 집이 생겼는데 그 속에 사는 사람이 하나도 없는 거요.

린다 　여보, 인생은 버리며 사는 거예요. 항상 그런 거지요.

윌리 　아니, 아니야. 어떤 사람들, 어떤 사람들은 뭔가를 이루어 내지. 내가 아침에 나가고 나서 비프가 뭐라 말하지 않던가?

린다 　비프를 나무라지 마세요, 여보. 특히나 막 기차에서 내린 참이잖아요. 비프에게 분통을 터뜨리면 안 돼요.

윌리   내가 언제 망할 놈의 분통을 터뜨렸다고 그래? 그저 돈 좀 벌고 있냐고 물었을 뿐이잖소. 그게 나무라는 말이오?

린다   하지만 여보, 비프가 어떻게 돈을 벌 수 있겠어요?

윌리   (걱정스럽기도 하고 화도 나서) 그 녀석 뭔가 맺힌 게 있어. 우울한 인간이 되어 버렸다니까. 아침에 내가 나가고 나서 사과합디까?

린다   아주 풀이 죽어 버렸더라고요, 여보. 걔가 얼마나 당신을 좋아하는지 알죠? 자기 앞가림을 하게 되면 두 사람 다 좋아져서 더 이상 싸우지 않게 될 거예요.

윌리   농장에서 어떻게 자기 앞가림을 해? 그게 사람 사는 거요? 농장 머슴? 처음에 그 녀석이 어릴 때야 뭐, 젊으니까 빈둥거리고 다니며 이런저런 일을 해 보는 것도 괜찮겠다 싶었소. 그렇지만 벌써 십 년이 넘었는데 여전히 주당 35달러짜리잖아.

린다   여보, 그 아이는 제 앞가림하려고 노력 중이라니까요.

윌리   나이 서른넷이 되도록 제 앞가림을 못한다니 망신이지!

린다   쉿!

윌리   문제는 그놈이 게으르단 거요, 젠장!

린다   제발, 여보!

윌리   비프는 게으른 건달이야!

린다   애들이 자고 있어요. 뭐라도 좀 드세요. 내려가 봐요.

윌리   집에는 왜 온 거야? 왜 집에 왔는지 알고 싶군.

린다   모르겠어요. 여전히 길을 못 찾고 있는 것 같아요,

여보. 많이 방황하는 것 같아요.

월리 비프 로먼이 길을 잃고 방황한다. 세상에서 가장 위대한 나라에서 그렇게, 그렇게 매력 있는 젊은이가 길을 잃고 헤맨다. 그렇게 열심히 일하는 청년인데. 한 가지 분명한 건, 비프는 게으르지 않다는 거야.

린다 절대 아니지요.

월리 (동정심과 결단이 얽혀) 아침에 그 아이를 좀 봐야겠소. 잘 얘기해 봐야지. 세일즈 자리를 주선해 주어야겠어. 곧 거물이 될 거야. 제기랄! 고등학교 때 아이들이 그 아이를 얼마나 따라다녔는지 기억나오? 그중 하나에게 웃어 주기라도 할라치면 애들 얼굴빛이 다 환해졌지. 길을 걸을 때면……. (회상 속으로 빠져 들어간다.)

린다 (월리를 회상으로부터 끄집어내려고) 여보, 오늘 새로운 미국 치즈를 샀어요. 거품 치즈예요.

월리 난 스위스 치즈가 좋은데 왜 미국 치즈를 샀어?

린다 바꿔 보는 것도 좋아할 거 같아서……

월리 난 바꾸는 거 싫어. 스위스 치즈가 좋아. 왜 항상 내 말에 반대만 하는 거요?

린다 (무마하려고 웃으며) 놀라게 해 주려고 그랬지요.

월리 이런 젠장, 왜 창문을 열어 놓지 않은 거야?

린다 (무한한 인내심으로) 여보, 다 열려 있어요.

월리 저것들이 우리를 여기 가두어 놓은 꼴 좀 봐. 벽돌과 창문, 벽돌과 창문밖에 없어.

린다 옆집 땅을 샀어야 했어요.

윌리   길가엔 자동차가 줄지어 섰어. 동네에 신선한 공기
      라고는 한 점도 없어. 잔디는 더 이상 자라지도 않고,
      뒤뜰에 당근도 키울 수가 없어. 아파트를 짓지 못하게
      하는 법이라도 만들어야 해. 저기 있던 멋진 느릅
      나무 두 그루 기억나? 나와 비프가 그 사이에 그네를
      매었던?

린다   네, 마치 도시에서 100만 킬로미터나 떨어진 것 같
      았죠.

윌리   그런 나무들을 잘라 내다니 건설업자들을 잡아 가두
      어야 해. 동네를 다 망쳐 놨어. (상념에 빠져) 여보,
      점점 더 옛날 생각을 하게 되는군. 이맘때쯤이면
      라일락과 등나무가 한창이었지. 그다음엔 작약이고,
      그러고 나면 수선화지. 이 방에 향기가 가득했는데!

린다   그래서 결국 사람들은 어디론가 옮겨 가야 했잖아요.

윌리   아냐. 지금도 많아.

린다   그렇게 많지는 않아요. 내 생각엔……

윌리   사람들이 너무 많아! 그래서 이 나라가 망가지고
      있다고! 인구가 통제 불가능이야. 경쟁 때문에 사람이
      미칠 지경이지! 아파트에서 나오는 악취 좀 맡아 봐!
      다른 쪽에 또 아파트가 하나 더 있지……. 어떻게
      치즈에 거품을 내?

(윌리의 마지막 말에 비프와 해피가 침대에서 일어나 귀를 기울
인다.)

린다 내려가서 잡숴 보세요. 그리고 좀 조용히 하세요.

월리 (린다를 향해 겸연쩍게) 내가 걱정되는 건 아니겠지,
여보?

비프 무슨 일이야?

해피 들어 봐!

린다 너무 잘 알아서 하는 사람인데 뭘 걱정하겠어요.

월리 당신은 내 주춧돌이고 버팀목이요, 여보.

린다 여보, 좀 쉬세요. 작은 걸 너무 크게 생각하지 말고.

월리 그 애랑 다시는 싸우지 않겠소. 텍사스로 다시 돌아
가겠다면 가게 놔둘 테요.

린다 자기 살길을 찾을 거예요.

월리 그럼. 어떤 남자들은 뒤늦게야 꽃을 피워. 토머스
에디슨도 그랬고 B.F. 굿리치도 그랬어. 그중 하나는
귀머거리였어. (침실 문으로 가면서) 우리 비프를 두고
내기라도 걸 수 있어.

린다 그리고 여보, 일요일 날씨가 좋으면 야외로 드라이브
나갑시다. 앞 창을 활짝 열고 점심을 먹어요.

월리 안 돼, 새 차는 앞 창문이 안 열려.

린다 오늘 열었다면서요.

월리 내가? 아니야. (멈칫) 거참, 이상하군! 정말 신기해.
(멀리서 플루트 소리가 들리자 경이로움과 놀라움에 사로
잡혀 말을 멈춘다.)

린다 뭐가요?

월리 정말 놀라운 일이지.

린다 뭐가요, 여보?

윌리 난 셰비 생각을 하고 있었어. (잠시 쉬고) 1928년도……
      내가 빨간색 셰비 자동차를 샀던 때지. (불쑥) 우습지?
      틀림없이 난 오늘 그 셰비를 운전하고 있었다고.

린다 아무것도 아닌데요, 뭘. 뭔가가 그 차를 생각나게 했
      나 보죠.

윌리 놀라워. 으흠. 그때 생각나오? 비프가 그 차에다 왁스
      칠을 해 대던 거며? 13만 킬로미터를 뛰었다고 하니까
      중고차 딜러가 믿지 않더군. (고개를 젓는다.) 허! (린
      다에게) 눈 좀 붙여요. 곧 올라올게. (침실에서 나간다.)

해피 (비프에게) 젠장, 또 차를 들이받은 거 아냐!

린다 (윌리 뒤에다 대고) 계단 조심해요, 여보! 치즈는 가운
      데 칸에 있어요! (몸을 돌려 침대로 가서 윌리의 재킷을
      들고 침실에서 나간다.)

(조명이 아들들의 방을 비춘다. 보이지는 않지만 윌리가 "13만
킬로미터."라고 혼잣말하는 것과 작게 웃는 소리가 들린다. 비프가
침대에서 빠져나와 아래 무대로 조금 내려오다가 서서 주의
깊게 귀를 기울인다. 비프는 동생 해피보다 두 살 많고 몸매가
다부지지만, 최근 지치고 자신감이 줄어들었다. 해피에 비해 되는
일이 별로 없으나, 꿈은 더 크고 덜 현실적이다. 해피는 키가
크고 힘 좋게 생겼다. 그의 성적 매력은 눈에 띄게 두드러지는
색깔과 냄새처럼 여자들을 끌어들인다. 그 또한 형처럼 길을 잃고
방황하고 있으나 다른 방식이어서, 겉으로 보기에는 만족한 것처럼
보이지만 패배와 맞대면하기를 한사코 거부한 채 더 혼란스럽고
완고한 상태에 빠져 있다.)

해피   (침대에서 나오며) 저 노인네 계속 저러다 면허 압수 당할 거야. 슬슬 걱정이 된다고, 형.

비프   시력이 나빠지고 있나 봐.

해피   아냐. 아버지와 같이 차를 몰아 봤어. 시력은 괜찮아. 단지 신경을 기울이지 않는 것뿐이야. 지난주에 아버지와 시내로 차를 몰고 갔거든. 아버지는 파란 불에 멈추고 빨간 불에 가더군. (웃는다.)

비프   색맹이신가?

해피   아버지가? 무슨 소리야, 아버지는 업계에서 색깔에 가장 밝은 눈을 가졌다고. 알잖아.

비프   (침대에 앉으며) 자야겠어.

해피   여전히 아버지한테 골난 거 아니지, 형?

비프   괜찮아.

윌리   (형제들의 아래쪽, 거실에서) 그럼요, 13만 킬로미터라니까요. 13만 3000킬로미터죠!

비프   담배 피우니?

해피   (담뱃갑을 꺼내며) 피울래?

비프   (한 개비를 꺼내며) 담배 냄새를 맡으면 잠을 잘 수 없지.

윌리   허, 어찌나 반짝반짝하게 닦아 놓았는지!

해피   (감상에 푹 젖어) 재밌어, 형. 우리가 여기서 또 자다니. 낡은 침대에서. (자신의 침대를 정답게 두드린다.) 이 두 침대 사이에서 얼마나 많은 얘기가 오고 갔냐고. 우리 인생 전체가 왔다 갔다 했지.

비프   응. 수많은 꿈과 계획 들이었지.

해피   (수컷의 음흉한 웃음을 지으며) 이 방에서 오간 얘기를
       들으면 500명쯤 되는 여자가 다 까무러칠걸.

(둘 다 낮게 웃는다.)

비프   부시위크 거리에 있던 그 뚱뚱한 베치 뭐더라…….
       젠장, 이름도 기억 안 나. 그 여자 생각나?
해피   (머리를 빗으며) 콜리 종 개를 데리고 있었잖아!
비프   그래, 그 여자. 내가 너를 거기 데리고 갔잖아, 기억나?
해피   으응, 내 첫 경험이었지 아마. 야, 그 여자 진짜 돼
       지였어! (둘 다 야비하게 웃는다.) 내가 여자에 대해
       갖고 있는 지식은 전부 형에게 배운 거야. 잊지 말
       라고.
비프   얼마나 부끄러움을 탔는지 벌써 잊어버린 모양이군.
       특히 여자들 앞에서 말이지.
해피   아, 난 여전히 부끄러움 탄다고, 형.
비프   야, 웃기지 마.
해피   조절을 잘하는 것뿐이지. 난 부끄러움을 덜 타게 됐는
       데 형은 점점 더 타는 것 같아. 형, 웬일이야? 예전의
       유머 감각이나 자신감은 다 어디 갔냐고? (비프의
       무릎을 흔든다. 비프는 일어나서 불안한 듯 방을 걸어 다닌
       다.) 무슨 일인데?
비프   왜 아버진 항상 나를 업신여기지?
해피   업신여기는 게 아니라…….
비프   내가 무슨 말을 하건 아버지는 비웃는 표정이라니까.

가까이 갈 수가 없어.

해피 아버진 형이 잘되었으면 하고 바랄 뿐이야. 형, 오래전부터 아버지 얘기를 하고 싶었어. 아버지가 좀 이상해. 아버지는…… 혼잣말을 해.

비프 나도 아침에 느꼈어. 하지만 원래 중얼중얼하시는 분이잖아.

해피 그 정도로 심하지는 않았어. 민망할 정도로 심해져서 아버지를 플로리다에 보내 드렸다니까. 그리고 이거 알아? 혼잣말할 때 아버지는 대부분 형과 이야기하고 있어.

비프 나에 대해 뭐라시는데?

해피 무슨 소린지는 몰라.

비프 나에 대해 뭐라시냐고?

해피 형이 정착을 못 하고 여전히 허공에 떠 있다나…….

비프 한두 가지 노인네 마음이 불편한 게 있거든.

해피 무슨 말이야?

비프 신경 쓰지 마. 나에게만 책임을 전부 돌리지 말라는 소리야.

해피 하지만 형이 제대로 시작만 한다면……. 내 말은, 거기서 형은 미래가 보여?

비프 이봐 해피, 미래가 뭔지 난 몰라. 내가 무엇을 원해야 하는지도…… 모르겠어.

해피 무슨 말이야?

비프 음, 고등학교를 졸업하고 육칠 년이나 뭔가를 해 보려고 애썼거든. 물품 배송부 직원, 세일즈맨, 이런

저런 일들. 그냥 하찮은 존재로 살아가는 것이었지. 뜨거운 여름날 아침에 전철을 타고, 재고를 챙기고 전화를 하고, 아니면 사고팔고 하는 것에 너의 온 인생을 바친다고 생각해 봐. 진짜 바라는 것은 셔츠를 벗어 던지고 야외에서 일하는 건데 고작 두 주짜리 휴가를 위해 일 년 중 오십 주를 죽어라 고생하는 거지. 그리고 언제나 네 옆의 녀석보다 한발 앞서야 해. 그러나 여전히, 그게 네가 말하는 미래가 있다는 거지.

해피   저기, 형은 농장에 있는 게 진짜 좋아? 거기서 일하는 게 만족스러워?

비프   (서서히 흥분하며) 해피, 난 전쟁 전에 집을 떠나 이 삼십 개의 온갖 직장을 전전했지만 결과는 항상 똑같았어. 그걸 최근에야 깨달았어. 네브래스카에서 소를 치던 때였지. 그다음엔 다코타, 애리조나, 그리고 이제는 텍사스. 그걸 깨달았기 때문에 집으로 돌아온 것 같아. 내가 일하는 농장은 지금 봄이거든. 새로 태어난 망아지가 열다섯 마리 있어. 어미 말과 갓 태어난 망아지 모습보다 더 가슴이 뭉클한 장면은 없어. 그리고 거긴 지금 서늘하다는 것 알아? 텍사스는 지금 서늘하고 봄이라고. 농장에 봄이 올 때면 나는 갑자기 아아 젠장, 나는 아무것도 못하고 있구나 하는 느낌에 사로잡히지! 지금 내가 뭘 하고 있는 거야, 주당 28달러에 말이나 데리고 놀면서! 서른네 살인데 미래를 설계해야지. 그래서 집으로 뛰어온 거야. 그러고선 이 꼴 좀 봐, 뭘 해야 할지 몰라 멍해 있지. (잠시 후) 난 언제나 인생을 허비하지 말자고 다짐하는데 집에 와서 보면 내가 한 일이라곤 인생을 허비한 것밖에 없다고.

해피　형은 시인이야. 그거 알아, 형? 형은…… 이상주의자 야!

비프　아니, 난 아주 망한 인생이지. 어쩌면 결혼을 할 테 고, 어쩌면 뭔가를 붙잡고 일할지도 모르지만. 어 쩌면 그게 내 문제인지도 몰라. 나는 어린애야. 결 혼도 안 했고 직장도 없고 나는…… 나는 그저 어린 애일 뿐이야. 넌 어때, 만족스럽니, 해피? 성공한 인생이잖아? 만족해?

해피　젠장, 아니거든!

비프　왜? 넌 돈을 벌잖아?

해피　(힘차게 열을 내며 걸어 다닌다.) 내가 지금 하는 일이 라곤 판매 담당 주임이 죽기를 기다리는 것뿐이야. 만약 내가 판매 담당 주임이 된다면? 그 주임은 나 와 친한데, 롱아일랜드에 끝내주는 집을 지었어. 거기서 두 달쯤 살다가 팔고 다시 새로운 걸 짓는 중이야. 일이 끝나면 싫증을 내거든. 나도 그럴 것 같지만. 내가 뭘 위해 일하는지 모르겠어. 어떤 때는 아파트에 혼자 틀어박혀 있기도 하지. 매달 내는 집세 좀 생각해 봐. 미친 짓이지. 하지만 다시 생각해 보면 그게 내가 항상 바라던 일인걸. 내 아파트, 내 자동차 그리고 여자들. 그런데도 빌어먹을, 난 외롭다고.

비프   (열정적으로) 이봐, 나랑 서부로 가지 않을래?

해피   형하고?

비프   그래, 목장을 살 수 있을지도 몰라. 우리 몸뚱이를
        움직여 소를 키우는 거야. 우리처럼 생긴 사람들은
        바깥에서 일해야 한다고.

해피   (탐욕스럽게) 로먼 형제 목장이란 말이지, 응?

비프   (열광적으로) 그래, 우리는 전국적으로 알려질 거야!

해피   (솔깃하여) 그게 내가 꿈꾸는 거야, 형. 어떤 때는 가게
        한가운데에서 입고 있던 셔츠를 찢어 버리고 빌어
        먹을 주임과 한판 붙고 싶어. 나는 가게 안의 어떤
        놈과 맞붙어도 너끈히 이길 수 있는데 그런 하찮은
        개자식들에게 명령을 받으며 꾹꾹 참고 살고 있다고.

비프   너와 함께라면 거기서 잘 살 수 있을 거 같아. 정말
        이야.

해피   (감격하여) 형, 내 주변의 인간들은 모두 거짓덩어리라
        나는 계속 내 이상을 접으며 살고 있어……

비프   야, 둘이 서로 의지하며 살자. 우린 서로를 믿을 수
        있으니까.

해피   내가 형과 함께 있으면…….

비프   해피, 우리는 돈 벌고 살게 생긴 인간들이 아냐. 난
        그런 거 몰라.

해피   나도 그래!

비프   그럼 가자!

해피   궁금한 게 있는데…… 거기서 뭘 할 수 있는 건데?

비프   네 친구들을 봐. 집을 짓고도 그 안에서 마음의 평화

를 누리며 살지 못하잖아.

해피 맞아, 그렇지만 그 친구가 가게에 들어오면 그 앞에서 사람들이 바다 갈라지듯 쫙 갈라지지. 회전문으로 들어온 작자가 연봉 52000달러짜리거든. 대가리에 든 거라곤 내 새끼손가락만큼도 없는 놈이지만 말야.

비프 그래, 하지만 너는 금방……

해피 거기서 거들먹거리는 높은 놈들에게 해피 로먼이 성공하는 걸 보여 주어야 해. 그놈이 걸어 들어오듯이 나도 가게 안에 걸어 들어가고 싶어. 그러고 나면 형과 같이 갈게. 함께할 거야. 정말이야. 근데 오늘 밤 데이트한 여자들 말야, 근사하지 않았어?

비프 그래그래, 최근에 본 애들 중에 가장 근사하더라.

해피 형, 나는 원한다면 언제든지 그런 애들을 데리고 올 수 있어. 기분이 더러우면 언제든지 말이지. 문제는 그게 볼링과 비슷하다는 거야. 여자를 아무리 쓰러뜨려 봐야 아무 의미도 없다는 거지. 형은 여전히 여자들 만나?

비프 아니. 나는 착실하고 진지한 여자를 만나고 싶어.

해피 나도 그래.

비프 관둬! 가정을 꾸밀 사람이 아냐, 넌.

해피 모르는 소리! 개성 있고 당찬 사람이면 돼. 어머니처럼 말야. 내가 이 말 하면 형은 나보고 개자식이라고 하겠지만 말이지, 오늘 밤 같이 있었던 샬럿이란 여자는 다섯 주 후에 결혼할 여자야. (새 모자를 써본다.)

비프　진짜?

해피　그럼. 가게에서 부사장 줄에 선 놈의 여자야. 무슨 생각이었는지 몰라. 아마 과도한 경쟁심 같은 거였겠지. 그 여자를 데리고 가서 쓰러뜨렸더니 호오, 그 계집애 나한테 붙어 떠나질 못해. 내가 엿 먹인 놈들 중 세 번째로 높은 놈이야. 더러운 인간성이지? 더 재미있는 건, 내가 그 인간 결혼식에 간다는 거지! (분노에 차서, 그러나 소리 내 웃으며) 나는 뇌물도 못 받아먹는 줄 아는 모양이지. 업자들이 와서 가끔 100달러씩 먹이고는 자기들 좋은 대로 주문을 받아가. 내가 얼마나 정직한 인간인지는 형도 알 거야. 하지만 이 여자 일과 똑같아. 이러는 내가 나도 싫어. 그 여자를 원하는 것도 아니고. 그러면서도 오는 대로 받고, 그러기를 즐긴다니까!

비프　잠이나 자자.

해피　우리 아무것도 정해진 게 없는 거지?

비프　한번 해 보고 싶은 게 있긴 해.

해피　그게 뭔데?

비프　빌 올리버 사장 생각나?

해피　그럼, 올리버는 이제 엄청난 거물급이야. 그 밑에 들어가 다시 일하게?

비프　아니, 내가 관둘 때 올리버가 한마디 했거든. 내 어깨에 손을 얹고 "비프, 필요한 게 있으면 언제든 찾아와."라고.

해피　기억난다. 거 괜찮겠는데.

비프 가서 한번 만나 봐야겠어. 1만 달러, 아니면 7~8000달러만 있으면 멋진 목장을 살 수 있을 거야.

해피 틀림없이 밀어줄 거야. 형을 좋게 생각했잖아. 다들 그랬지. 다들 형을 좋아했어. 그래서 돌아오라는 거야. 여기 아파트도 있고. 그리고 형, 원하는 여자가 있으면…….

비프 아니, 목장만 있으면 내가 좋아하는 일을 하면서도 뭔가 이룰 수 있을 것 같아. 하지만 좀 걱정되는 게 있긴 해. 올리버는 여전히 내가 그 농구공 한 상자를 훔쳤다고 생각할까?

해피 아, 그런 건 아마 오래전에 잊어버렸을걸. 십 년 가까이 된 일이잖아. 형은 너무 예민해. 어쨌거나 올리버가 형을 내쫓은 건 아니었어.

비프 아냐, 조만간 내쫓으려고 했을걸. 그래서 내가 관둔 거지. 올리버가 사실을 알았는지는 잘 모르겠어. 어쨌든 올리버가 나를 엄청 잘 본 건 사실이지. 나 혼자만 그곳 열쇠를 가지고 있었으니까.

윌리 (밑에서) 비프, 엔진도 닦을 거냐?

해피 쉿!

(비프는 아래쪽을 주시하며 귀를 기울이는 해피를 바라본다. 윌리가 응접실에서 중얼거린다.)

해피 들었어?

(둘은 귀를 기울인다. 윌리가 정답게 소리 내어 웃는다.)

비프   (점점 화가 나서) 아버진 어머니가 들을 거란 생각을
       안 하시는 거야?
윌리   비프, 옷을 더럽히지는 말거라!

(고통스러운 표정이 비프의 얼굴을 스친다.)

해피   끔찍하지? 다시는 가지 마, 응? 여기서 직장을 구해.
       이 근처에 살아야 해. 무슨 문제인지는 모르겠지만
       아버지가 저러시니 남들 보기 부끄럽다니까.
윌리   어찌나 반짝반짝하게 닦았는지!
비프   어머니가 듣겠어!
윌리   진짜야, 비프? 데이트할 거라고? 굉장하다!
해피   잠이나 자. 그런데 아침에 아버지와 얘기 좀 해 봐, 응?
비프   (마지못해 잠자리에 들며) 어머니가 집에 계신데. 맙소
       사!
해피   (잠자리에 들며) 아버지와 얘기가 잘되면 좋겠어.

(방의 조명이 어두워진다.)

비프   (잠자리에서 혼잣말로) 저 이기적이고 바보 같은…….
해피   쉬이……. 잘 자, 형.

(방의 조명 꺼진다. 형제의 말이 다 끝나기도 전에 윌리의 형체가

아래쪽 어두운 부엌에서 희미하게 드러난다. 윌리가 냉장고를 열고 뒤적거리다가 우유병을 꺼낸다. 아파트 건물은 어두워지고 집 전체와 주변이 나뭇잎으로 덮인다. 나뭇잎이 드러나면서 음악이 서서히 시작된다.)

윌리   여자애들을 조심해야 된다. 비프, 알겠지. 약속 따윈 하지 마. 어떤 약속이든 하지 마. 여자애들이란 언제나 남자 말을 믿는데 너는 아직 어리거든. 비프, 여자애들에게 진지한 얘기를 하기엔 넌 너무 어려.

(조명이 부엌을 비춘다. 윌리는 혼잣말을 하면서 냉장고 문을 닫고 아래쪽 무대로 내려와 부엌 탁자로 향한다. 우유 한 잔을 따른다. 그는 완전히 자기 세계에 빠져서 희미하게 미소를 짓는다.)

윌리   너무 어리다고, 비프. 먼저 학업에 전념해야 해. 그다음 완전히 자리를 잡으면 너 같은 남자 좋다고 할 여자애들이 줄을 설 거다. (부엌 의자를 보면서 히죽 웃는다.) 그러냐? 여자애들이 대신 돈을 냈다고? (소리 내어 웃는다.) 얘야, 네가 정말 맘에 들었던 모양이다.

(윌리는 점차로 부엌 벽을 관통해서 무대 뒤의 어느 한곳을 구체적으로 보면서 이야기하는데, 그 목소리가 보통 대화 수준으로 높아진다.)

윌리   왜 그리 정성스레 광을 내는 건지 이해가 안 간다.

어허! 바퀴 캡을 남겨 두면 안 되지, 얘들아. 섀미 가죽으로 캡을 닦아 보렴. 해피, 유리창에는 신문지를 써라. 그게 제일 쉽게 닦인단다. 비프, 어떻게 하는 건지 보여 줘. 잘 봤지, 해피? 신문지를 채워 넣는다는 기분으로 닦아. 채워 넣는 것처럼. 그래, 그렇지, 잘한다. 잘하고 있어, 해피. (잠시 침묵. 잘한다는 뜻으로 몇 초간 고개를 끄덕여 보이고 위를 쳐다본다.) 비프, 시간 나면 우선 지붕 위의 큰 가지를 쳐 내야겠다. 폭풍우에 꺾여 지붕이라도 덮칠라. 어떻게 하느냐면, 밧줄로 가지를 둘러 묶어 놓고 올라가서 톱 두어 개로 잘라 내면 된다. 자동차 다 닦으면 잠시 보자, 얘들아. 깜짝 선물이 있다.

비프　(무대 뒤에서) 뭔데요, 아빠?

윌리　아니, 그것부터 먼저 끝내라. 끝낼 때까지 일에 집중하렴. 그게 중요하단다. ('큰 나무들' 쪽을 쳐다본다.) 비프, 올버니에 갔을 때 멋진 해먹을 봐 두었어. 다음번 출장 가면 그걸 사서 느릅나무 사이에 매어 놓자꾸나. 근사하지 않겠냐? 저 나뭇가지들 아래에서 흔들리고 있노라면…… 야, 그것참, 얼마나 근사할까…….

(어린 비프와 어린 해피가 윌리가 말하는 방향에서 나타난다. 해피는 걸레와 물통을 들었다. 비프는 'S' 자가 크게 쓰인 스웨터를 입고 축구공을 들고 있다.)

비프   (무대 뒤 자동차 방향을 가리키며) 어때요, 아빠? 전문가 같죠?

윌리   끝내줘. 끝내주게 했어, 얘들아. 잘했어, 비프.

해피   깜짝 선물은 어디 있어요, 아빠?

윌리   자동차 뒷좌석에 있지.

해피   이야! (달려 나간다.)

비프   뭔데요, 아빠? 뭘 사셨는지 말해 주세요.

윌리   (소리 내어 웃으며 비프를 슬쩍 친다.) 신경 쓰지 마. 주고 싶었던 거야.

비프   (몸을 돌려 나갈 태세를 취하며) 해피, 뭔데?

해피   (무대 뒤쪽에서) 펀칭 백이야!

비프   와, 아빠!

윌리   진 터니가 사인한 거란다!

(해피가 펀칭 백을 가지고 무대로 나온다.)

비프   이야, 우리가 펀칭 백 갖고 싶어 하는 줄 어떻게 아셨어요?

윌리   응, 속도 훈련에는 이게 최고거든.

해피   (등을 대고 누워 발로 페달 밟는 시늉을 하며) 저 살 빠졌는데 아빠 알아보시겠어요?

윌리   (해피에게) 줄넘기도 좋아.

비프   제 새 축구공 보셨어요?

윌리   (공을 자세히 들여다보며) 새 공이 어디서 났냐?

비프   코치 선생님이 패스를 좀 더 연습하래요.

윌리　그래? 그리고 공을 주었다는 말이냐?

비프　어, 로커 룸에서 잠시 빌려 왔어요. (은밀하게 소리 내어 웃는다.)

윌리　(도둑질을 눈치채고 같이 소리 내어 웃으며) 돌려주어야지.

해피　아버지가 좋아하지 않으실 거라고 했잖아!

비프　(화내며) 야, 돌려줄 거라고!

윌리　(싸움을 말리며 해피에게) 그럼, 형은 정규 공으로 연습을 해야 하지 않겠니? (비프에게) 코치 선생님은 아마 네 열성에 감복하실 거다.

비프　아, 선생님은 항상 제 열성에 감복하세요, 아빠.

윌리　그이가 너를 좋아하니까. 누구 다른 애가 공을 가져갔다면 난리가 났겠지. 그래, 얘들아, 잘 지냈니? 별일은 없었어?

비프　아빠, 이번엔 어디 다녀오셨어요? 치, 아빠가 없어서 우린 너무 심심했어요.

윌리　(기뻐서 아이들을 팔로 껴안으며 무대 앞 튀어나온 부분으로 나간다.) 심심했다고?

비프　만날 보고 싶었어요.

윌리　말 안 할 거지? 얘들아, 비밀을 하나 알려 주마. 누구에게도 발설하면 안 돼. 나중에 난 개인 사업을 할 거야. 그러면 다시는 집을 떠나지 않아도 되지.

해피　아, 찰리 아저씨처럼요?

윌리　찰리 아저씨보다 더 크게! 찰리는 호감 가는 형이 아냐. 사람들이 좋아하기는 하지만 그렇게 인기 있는 건 아니지.

비프   아빠, 이번에는 어디로 가셨어요?

윌리   음, 북쪽 길을 따라 프로비던스까지 갔지. 시장을 만났어.

비프   프로비던스의 시장님!

윌리   호텔 로비에 앉아 있었어.

비프   뭐라고 하시던가요?

윌리   "좋은 아침!"이라고 하기에 내가 말했지. "시장님, 멋진 도시로군요." 그러고 나서 커피를 같이 마셨어. 그 뒤 워터베리로 갔지. 워터베리는 멋진 도시야. 유명한 워터베리 시계가 있는, 큰 시계의 도시지. 거기서 멋지게 세일즈를 했지. 그리고 보스턴, 보스턴은 미국 혁명의 요람이야. 멋진 도시지. 그리고 매사추세츠 주에 있는 다른 도시 두어 곳을 들러 포틀랜드와 뱅고어로 갔다가 바로 집으로 온 거란다!

비프   치, 나중에 저도 아빠와 함께 가 보고 싶어요.

윌리   여름이 오자마자 가 보자.

해피   약속하죠?

윌리   너와 해피와 나. 내가 도시들을 보여 주지. 미국은 아름다운 도시와 멋지고 훌륭한 사람들로 가득 차 있어. 그 사람들이 뉴잉글랜드 전역에서 나를 알아본다. 내가 너희들을 데리고 가면 그야말로 대환영이지. 왜냐하면 애들아, 아빠에겐 친구들이 있거든. 뉴잉글랜드 어딜 가든 주차할 수 있고 경찰들이 자기들 차인 양 지켜 주지. 이번 여름, 약속이다?

비프와 해피 (함께) 이야! 그럼요!

윌리 수영복을 가져가자.

해피 우리가 아빠 가방을 들어 드릴게요.

윌리 이야, 정말 근사할 거야! 너희가 내 가방을 들어 주고 우리가 보스턴의 상점에 들어간다면, 난리가 날 거야!

(비프가 펄쩍거리며 패스 연습을 한다.)

윌리 비프, 시합 때문에 불안하니?

비프 아빠가 오시면 괜찮아요.

윌리 네가 주장이 되고 나서 학교에서는 뭐래?

해피 수업 끝날 때마다 여자아이들이 떼 지어 형을 쫓아 와요.

비프 (윌리의 손을 잡으며) 이번 주 토요일이에요, 아빠. 이번 주 토요일이요. 아빠를 위해서 터치다운을 성공해 보일게요.

해피 형은 패스해야 되잖아.

비프 아빠를 위해서 한 번만 할 거야. 아빠, 지켜봐 주세요. 제가 헬멧을 벗으면 그건 돌진할 거라는 신호예요. 그러면 터치다운 라인까지 뚫고 들어가는 것을 봐 주세요.

윌리 (비프에게 입맞춤한다.) 오! 보스턴에 가서 이 이야기를 한다면!

(반바지 차림의 버나드 등장. 그는 비프보다 어리고, 진지하고 충

직하며 걱정 많은 소년이다.)

버나드   비프 형, 어디 있어? 나하고 오늘 공부하기로 했잖아.

윌리   어이, 버나드 좀 보렴. 왜 그리 핼쑥한 거냐?

버나드   윌리 아저씨, 비프 형은 공부해야 해요. 다음 주에 시험이 있어요.

해피   (놀리듯 버나드 주변을 돌며) 버나드, 한판 붙자!

버나드   비프 형! (해피로부터 벗어난다.) 형, 번봄 선생님이 말씀하시는 것을 들었어. 수학 공부 안 하면 F를 주시겠대. 그러면 졸업 못해. 내가 들었어!

윌리   비프, 버나드와 공부하렴. 지금 당장 시작해.

버나드   내 귀로 들었다고!

비프   아, 아빠, 제 운동화 못 보셨죠! (윌리가 볼 수 있도록 발을 들어 올린다.)

윌리   이야, 멋진 프린트를 넣었네!

버나드   (안경을 닦으며) 운동화에 버지니아 대학교 프린트를 넣었다고 해서 고등학교를 졸업시켜 주는 건 아니에요, 윌리 아저씨!

윌리   (화가 나서) 너 지금 무슨 소리냐? 대학 세 군데서 장학금을 받았는데 고등학교에서 펑크가 난다고?

버나드   그렇지만 번봄 선생님께서…….

윌리   버나드, 성가시게 하지 마라! (아들들에게) 허깨비같이 핼쑥해서는!

버나드   알았어, 비프 형. 우리 집에서 기다리고 있을게.

(버나드 사라진다. 로먼 부자들 소리 내어 웃는다.)

윌리　버나드는 호감 가는 형이 아니지, 응?

비프　사람들이 좋아하기는 하지만 그렇게 인기 있는 건 아니죠.

해피　맞아요, 아빠.

윌리　내 말이 그 말이야. 버나드는 학교에서 최고 우등생 일지는 모르지만, 업계에 뛰어들면 너희가 다섯 배쯤 앞설 거다. 우리 아들 둘 다 어찌나 미끈하게 잘 빠졌는지 하느님께 감사한다니까. 업계에서는 외모가 준수하고 개인적인 관심을 불러일으키는 사람이 앞서 가는 법이거든. 인기가 있으면 부족할 게 없단다. 나를 봐. 나는 바이어를 보기 위해 줄을 설 필요가 없어. "윌리 로먼이 여기 왔네!" 그러면 알아서 모셔 가지.

비프　완전히 케이오시켰어요, 아빠?

윌리　프로비던스에서는 완전히 쓰러뜨렸고 보스턴에서는 죽여줬지.

해피　(등을 대고 누워 다시 페달 밟는 시늉을 하며) 저 살 빠졌는데 아빠 알아보시겠어요?

(린다가 예전 모습 그대로 머리에 꽃을 달고 빨래 바구니를 들고 들어온다.)

린다　(젊은 활기에 넘쳐) 당신 오셨군요!

윌리　여보!

린다   셰비가 잘 달리던가요?

윌리   여보, 셰비는 최고의 자동차라오. (아이들에게) 어머니가 빨랫감 들고 계단을 올라가도록 할 참이냐?

비프   들어 드려, 해피!

해피   엄마, 어디로요?

린다   빨랫줄에 널어 주렴. 비프, 너는 친구들에게 가 보고. 지하실이 아이들로 가득 찼어. 걔들은 자기들끼리만 있으면 뭘 해야 할지 몰라.

비프   아버지가 오셨는데 걔들이 기다려야죠!

윌리   (흐뭇하게 소리 내 웃는다.) 내려가서 뭘 해야 할지 가르쳐 주렴, 비프.

비프   보일러실 청소를 시킬까 봐요.

윌리   그거 좋겠구나.

비프   (부엌의 가상 벽을 통과해 뒤편 문가로 가서 아래를 향해 소리친다.) 얘들아! 보일러실 청소하고 있어! 곧 내려갈게!

목소리들   알았어! 좋아, 비프.

비프   조지와 샘과 프랭크는 이리 나와! 빨래 널 거야! 이리 와, 해피, 빨리! (둘이서 바구니를 나른다.)

린다   애들이 얼마나 비프 말을 잘 듣는지!

윌리   그런 게 훈련이오, 훈련. 난 말이지, 수천 개씩 팔아치웠지만 집으로 돌아와야 했다고.

린다   아아, 온 동네가 우리 비프 시합에 대해 얘기하겠죠. 많이 팔았어요?

윌리   프로비던스에서는 총 500그로스, 보스턴에서는 총

700그로스였어.

린다 설마! 잠깐만요, 여기 연필이 있어요. (앞치마 주머니에서 연필과 종이를 꺼낸다.) 그러면 당신 커미션이……
200……. 맙소사! 212달러가 되네요!

월리 음, 아직 정확히 계산은 안 해 봤지만…….

린다 얼마나 되는데요?

월리 음, 아마…… 프로비던스에서는 한 180그로스 정도.
어, 아니다. 이번 여행 전체를 통틀어 200그로스쯤
되는 거 같아.

린다 (주저하지 않고) 총 200그로스. 그러면……. (계산한다.)

월리 보스턴에서는 가게 세 군데가 재고 조사 때문에 거의
개점휴업이었어. 그렇지 않았으면 신기록을 세웠을
텐데 말이지.

린다 그러면 70달러하고 잔돈이 좀 떨어지네요. 좋은 실
적이에요.

월리 어디다 빚을 갚아야 하지?

린다 음, 우선 냉장고에 16달러…….

월리 왜 16달러야?

린다 아, 팬벨트가 끊어져서 1달러 80센트 들었어요.

월리 아니, 새 냉장고잖소.

린다 글쎄, 수리공 말이 원래 그렇다네요. 저희끼리 잘 안
맞으면 계속 그런대요.

(가상의 벽을 통과해 부엌으로 간다.)

윌리　계속 그러지는 말아야 할 텐데.

린다　광고는 얼마나 대단하게 하는데요!

윌리　그럼, 좋은 냉장고야. 또 다른 건?

린다　세탁기에 9달러 60센트예요. 진공청소기는 15일까지 3달러 50센트를 넣어야 하고요. 그리고 지붕 수리비로 아직 21달러가 남았어요.

윌리　새지는 않는 거요?

린다　그럼요, 수리는 잘됐어요. 그리고 카뷰레터 수리비로 프랭크에게 줄 돈이 있어요.

윌리　돈 안 줄 거야! 빌어먹을 놈의 세비! 그 자동차 만드는 놈들 다 감옥에 처넣어야 해!

린다　저기, 프랭크에게 3달러 50센트예요. 그 밖에 이런저런 것들 다 해서 15일까지 120달러는 있어야 해요.

윌리　120달러! 이런 빌어먹을, 경기가 좋아지지 않으면 어쩌라는 건지 알 수가 없구먼!

린다　아, 다음 주엔 더 많이 벌 거예요.

윌리　그럼, 다음 주엔 전부 죽여 놔야지. 하트퍼드로 가야겠소. 하트퍼드에서는 인기가 아주 좋거든. 그런데 여보, 문제가 말이야, 사람들이 나를 알아보는 눈치가 아냐.

(무대 앞으로 나간다.)

린다　아니, 말도 안 돼요.

윌리　걸어 들어갈 때 알아. 나를 비웃는 것 같아.

린다 왜요? 왜 그 사람들이 당신을 비웃겠어요? 그런 식으로 말하지 말아요, 여보.

(윌리는 무대 가장자리로 나간다. 린다는 부엌으로 들어가 스타킹을 꿰매기 시작한다.)

윌리 왠지 모르겠는데 사람들이 나를 그냥 지나쳐 버려. 나를 알아보지 못해.

린다 그렇지만 여보, 당신은 아주 잘하고 있어요. 일주일에 70달러에서 100달러를 벌어들이고 있다고요.

윌리 그러기 위해 하루 열 시간, 열두 시간씩 일해야 하잖소. 다른 사람들은, 잘은 모르지만 더 쉽게 일하거든. 왜인지 모르겠지만 난 절제가 안 돼. 말을 너무 많이 한다니까. 남자는 말수가 좀 적어야 되는데. 찰리를 봐요. 말이 적으니 사람들이 존경하잖소.

린다 당신은 말이 많은 게 아니라 활달한 거예요.

윌리 (미소 지으며) 그래, 젠장, 인생은 짧고 그저 한두 마디 농담거리일 뿐이지. (혼잣말로) 난 농담도 너무 많이 해! (미소가 사라진다.)

린다 왜요? 당신은…….

윌리 난 뚱뚱해. 여보, 난 맹하게 보인다니까. 당신에게는 말 안 했지만 크리스마스에 F.H. 스튜어트 상사에 간 적이 있었소. 바이어를 만나러 가는 길이었는데 아는 세일즈맨 하나가 바다코끼리가 어쩌고저쩌고하는 거야. 냅다 얼굴을 갈겨 줬지. 그런 소리를 듣고

살지는 않겠소. 그렇게는 안 산다고. 그래도 나를
비웃는다니까. 알아.

린다 여보…….

윌리 극복해야 해. 이겨 내야 한다고. 아마 난 옷을 잘 입는
편이 아닌가 봐.

린다 여보, 당신은 세상에서 가장 멋있는 사람이에요.

윌리 아니, 아니야, 여보.

린다 내게는 그래요. (잠시 침묵) 가장 멋있는 사람이에요.

(어둠 속에서 여자의 웃음소리 들린다. 윌리는 그쪽으로 고개를
돌리지 않지만, 린다가 말하는 내내 그 웃음소리가 섞여 든다.)

린다 그리고 여보, 애들은 어떻고요. 우리 자식들처럼 아
버지를 떠받드는 집도 흔치 않을걸요.

(집의 왼쪽 막 뒤에서 여자가 옷을 입는 모습이 흐릿하게 보인다.
음악.)

윌리 (격하게) 당신이야말로 최고요, 여보. 당신은 내 인생의
동반자니까. 출장 중에, 출장길에 가끔 당신을 확
끌어안고 끝내주게 입을 맞추고 싶을 때가 있다니까.

(웃음소리가 더 커진다. 윌리는 왼쪽 밝은 부분으로 움직이는데,
그곳은 여자가 막 뒤에서 나와 서 있는 곳이다. 여자는 모자를 써
보고 '거울'을 들여다보며 소리 내어 웃는다.)

윌리 왜냐하면 난 너무 외롭거든. 특히 일이 잘 안 풀리고
      말할 상대도 하나 없을 때면 말이오. 다시는 하나도
      팔지 못하고 당신이나 아이들 생계를 책임지지도
      못할 것 같은 생각이 든단 말이지. (여자의 웃음소리가
      잦아드는 사이로 말한다. 여자는 '거울'을 보며 단장한다.)
      나는 해 주고 싶은 게 너무 많아.
여자 나한테? 당신이 뭘 해 줘서가 아냐, 윌리. 내가 당신을
      고른 거지.
윌리 (기뻐서) 당신이 날 골랐다고?
여자 (괜찮은 용모에 윌리 연배) 그럼. 데스크에 앉아 하루
      종일 온갖 세일즈맨이 드나드는 것을 보잖아. 그런데
      당신은 굉장히 유머 감각이 있더라고. 우리 둘이 정말
      재밌게 지냈잖아, 그치?
윌리 그럼 그럼. (여자를 껴안는다.) 왜 지금 가야 해?
여자 2시잖아…….
윌리 안 돼, 이리 와! (여자를 끌어당긴다.)
여자 우리 동생들이 기절할 거야. 언제 또 올 거야, 당신?
윌리 아, 두 주쯤 뒤에. 다시 올 거지?
여자 물론이지. 당신은 웃기거든. 그래서 좋아. (윌리의 팔을
      살짝 꼬집고 입맞춤한다.) 그리고 당신은 멋진 사람이야.
윌리 당신이 날 골랐다고?
여자 그럼. 당신은 정말 다정하거든. 그리고 재밌고.
윌리 음, 다음번 보스턴에 올 때 만나자고.
여자 줄도 안 서고 바이어들에게 들어가게 해 줄게.
윌리 (여자의 엉덩이를 때리며) 좋아. 그럼 엉덩이 떼셔!

여자   (가볍게 윌리를 때리고 소리 내 웃는다.) 자기는 진짜 죽
       여줘. (윌리가 갑자기 여자를 껴안고 거칠게 입을 맞춘다.)
       죽인다니까. 그리고 스타킹 고마워. 난 스타킹이 많
       을수록 좋아. 그럼 잘 자.
윌리   잘 자. 홀랑 다 내놓고 자라고.
여자   아이, 윌리!

(여자가 웃음을 터뜨린다. 린다의 웃음소리가 섞여 들어온다. 여자
는 어둠 속으로 사라진다. 부엌, 식탁이 놓인 공간이 밝아진다. 린
다는 식탁 앞에 앉아 실크 스타킹을 깁는 중이다.)

린다   그래요, 여보. 가장 멋있는 사람이죠. 그런 생각을 할
       이유가 전혀 없어요.
윌리   (여자가 있던 곳이 어두워지자 린다 쪽으로 간다.) 내가
       모두 다 해 주겠소, 여보. 나는…….
린다   해 줄 거 없어요, 여보. 잘하고 있는걸요. 누구보다…….
윌리   (린다의 행동을 보곤) 뭐 하고 있는 거요?
린다   스타킹을 꿰매는 중이에요. 어찌나 비싼지…….
윌리   (화가 나서 스타킹을 뺏으며) 여기서 스타킹이나 꿰매다
       니 절대 안 돼! 내다 버려!

(린다는 스타킹을 주머니에 넣는다.)

버나드 (달려 들어오며) 비프 형 어디 있어요? 공부해야 되는데!
윌리   (흥분하여 앞 무대로 나오며) 네가 가르쳐 주면 되지!

버나드   가르쳐 줘요, 하지만 이 시험은 안 돼요! 국가시험
          이라고요! 잡혀가요!

윌리   어디 있어! 때려 줘야겠어, 때려 줘야겠다고!

린다   그리고 미식축구 공도 돌려주라고 하세요, 여보. 나쁜
          짓이에요.

윌리   비프! 어디 있어? 왜 뭐든지 가져가는 거야, 그놈은?

린다   여자애들에게도 너무 거칠게 대해요, 여보. 딸 가진
          엄마들이 걔를 무서워해요!

윌리   때려 줘야겠어!

버나드   면허증도 없이 차를 몰아요!

(여자의 웃음소리 들린다.)

윌리   닥쳐!

린다   딸 가진 엄마들이…….

윌리   닥쳐!

버나드   (조용히 뒤로 물러나 사라지며) 번봄 선생님이 비프는
          이제 큰일 났다고 하셨어요.

윌리   꺼지라고!

버나드   정신 차리지 않으면 수학 F래요! (나간다.)

린다   버나드 말이 맞아요. 여보, 당신이…….

윌리   (린다에게 퍼붓는다.) 비프가 어쨌다고! 버나드처럼
          공붓벌레라면 좋겠어? 비프는 기백이 있어, 개성이
          있다고…….

(윌리가 말하는 동안 린다는 거의 눈물을 떨어뜨릴 것 같은 모습으로 거실로 퇴장. 혼자 부엌에 남은 윌리는 풀이 죽은 채 멍하니 앞을 바라본다. 나뭇잎들은 사라지고 없다. 다시 밤이고 아파트 빌딩이 뒤에서 내려다보고 있다.)

윌리 기백과 개성으로 가득해, 가득하다고! 훔치다니! 돌려줄 거잖아, 안 그래? 왜 훔치겠어? 내가 어떻게 가르쳤는데? 살면서 지금껏 제대로 안 가르친 적이 없었어!

(해피가 잠옷 차림으로 계단을 내려와 있다. 윌리는 퍼뜩 해피의 존재를 느낀다.)

해피 자, 이제 들어가세요.

윌리 (식탁 앞에 앉으며) 어허! 왜 혼자 마룻바닥을 닦았을꼬? 마루에 왁스 칠 한번 하고 나면 네 엄마는 졸도 하는데. 알면서 왜 그랬담!

해피 쉬! 진정하세요. 밤에 왜 다시 나오셨어요?

윌리 놀라서 죽을 뻔했어. 용커스에서 애를 하나 치어 죽일 뻔했어. 아이고! 그때 형님과 함께 알래스카에 갔더라면 좋았을걸! 벤 형님! 형님은 천재였어, 성공의 화신이었지! 내가 왜 그랬을까! 그렇게 같이 가자고 하셨는데.

해피 뭐, 지금 그래 봤자…….

윌리 애들아! 너희 큰아버지는 가진 거라곤 걸친 옷 한 벌

밖에 없는 채로 시작해서 다이아몬드 광산을 일구어
내셨단다.

해피   와, 언제 그 비결 좀 알았으면 좋겠네.

윌리   비결이 어디 있어? 원하는 게 뭔지 알고 가서 쟁취한
거지! 정글로 걸어 들어가 스물한 살에 다시 나왔을
때는 이미 부자가 되어 있었어! 세상은 굴 껍질이야.
침대 위에서는 그걸 깨서 속살을 먹을 수가 없어!

해피   아버지, 제가 아버지 여생을 편히 모실 테니 걱정 마
시라고 했잖아요.

윌리   일주일에 70달러 받으면서 내 여생을 편히 모시겠다
고? 여자들에다가 자동차에다가 아파트까지 있으면
서 내 여생을 편히 모셔! 빌어먹을, 난 오늘 용커스
너머로는 가지도 못했어! 너희들은 어디 있었냐? 어디
있었어? 숲이 불타고 있어! 난 이제 자동차 운전도 못
해!

(찰리가 문간에 와 있다. 그는 덩치가 크고 말이 느리지만 간결하며
듬직한 사내다. 무슨 말을 하든지 그의 말 속에서는 연민과 마음의
떨림이 느껴진다. 잠옷 위에 가운을 걸치고 슬리퍼를 신은 찰리가
부엌으로 들어온다.)

찰리   별일 없는 거야?

해피   예, 찰리 아저씨, 아무 일도…….

윌리   웬일이야?

찰리   무슨 소리가 들려서. 뭔 일 났나 했지. 벽에다 방음 장

치라도 할 수 없나? 여기서 재채기만 해도 우리 집에 걸어 놓은 모자가 떨어져.

해피   주무십시다, 아버지. 가요.

(찰리가 해피에게 가라고 손짓한다.)

윌리   먼저 들어가거라. 지금은 피곤하지 않아.

해피   (윌리에게) 무리하지 마세요, 예? (퇴장)

윌리   여기서 뭐 하는 거야?

찰리   (윌리 맞은편 식탁에 앉으며) 잠을 잘 못 자. 위염 때문에.

윌리   자네가 제대로 먹는 법을 몰라서 그래.

찰리   먹는 거야 입으로 먹지.

윌리   아냐, 몰라도 한참 몰라. 비타민이니 뭐니 하는 것들을 좀 알아야 한다니까.

찰리   어이, 카드놀이나 하자고. 그러면 좀 피곤해질 테지.

윌리   (망설이며) 좋아. 카드 있어?

찰리   (주머니에서 카드 한 벌을 꺼내며) 그럼, 어딘가에는 있지. 비타민이 어떻다고?

윌리   (카드를 돌리며) 그게 뼈를 튼튼하게 해 준다는구먼. 화학 작용으로도.

찰리   그래? 하지만 위염은 뼈와 상관없는데.

윌리   무슨 소리야? 그런 것들 들어나 봤어?

찰리   골내지 말게.

윌리   아무것도 모르면서 아는 척하지 말게.

(카드놀이를 한다. 침묵.)

찰리　집에서 뭐 하고 있었어?

월리　차에 문제가 좀 있어서.

찰리　오. (잠시 후) 캘리포니아에 다녀올 생각이야.

월리　그렇군.

찰리　직장이 필요하지?

월리　난 직장이 있어. 말했잖나. (잠시 있다가) 왜 나에게 일자리를 주려는 거야?

찰리　골내지 말게.

월리　골나게 하지 마.

찰리　왜 그러는지 모르겠군. 이런 식으로 계속 살 수는 없어.

월리　난 좋은 직장이 있어. (잠시 침묵) 왜 자꾸 여기 오는 거야?

찰리　갈까?

월리　(잠시 후 기가 죽어) 이해할 수가 없어. 또 텍사스로 돌아가겠다는군. 그놈은 대체 왜 그러는 거야?

찰리　내버려 둬.

월리　찰리, 난 그 애에게 줄 게 아무것도 없어. 빈털터리, 빈털터리야.

찰리　굶어 죽지 않아. 아무도 굶어 죽지는 않아. 잊어버려.

월리　그럼 대체 뭘 기억해야 하는데?

찰리　너무 심각하게 생각하지 말게. 신경 꺼. 한번 깨뜨리면 다시 주워 담기 어려워.

윌리 자네야 그렇게 말하기는 쉽지.

찰리 나도 그렇게 말하기는 쉽지 않아.

윌리 거실 위에 내가 붙인 천장 봤어?

찰리 음, 작품이더군. 천장을 붙인다는 건 꿈도 못 꿀 일이야. 대체 어떻게 한 거야?

윌리 말해 무슨 소용인가.

찰리 그러지 말고 얘기해 보게.

윌리 자네, 천장을 올려 볼 생각인가?

찰리 내가 어떻게 천장을 올려?

윌리 빌어먹을, 그러면서 왜 자꾸 캐묻고 그래?

찰리 또 골났군.

윌리 연장도 제대로 못 다루는 사내는 사내가 아냐. 자넨 밥맛없어.

찰리 밥맛없다고 하지 말게, 윌리.

(집의 오른편에서 무대 앞으로 여행 가방과 우산을 든 벤이 들어선다. 육십 대에 콧수염을 기른 무뚝뚝한 사내로, 권위적인 분위기를 풍긴다. 그는 자신의 운명을 아주 명확히 알고 있으며, 먼 곳에서 온 느낌을 풍긴다. 윌리가 말하는 순간에 들어선다.)

윌리 지독하게 피곤해요, 형님.

(벤의 테마 음악이 들린다. 벤이 주변 모두를 훑어본다.)

찰리 좋아. 계속해. 잠이 잘 올 거야. 나더러 형님이라고 했나?

(벤이 시계를 본다.)

월리   재미있군. 잠시 자네가 우리 벤 형님을 연상시켰어.

벤   몇 분밖에 시간이 없어. (주변을 탐색하며 걸어 다닌다. 월리와 찰리는 계속 카드놀이를 한다.)

찰리   그 이후로 다시 소식 들은 적 없지?

월리   집사람이 말 안 하던가? 두어 주 전에 아프리카에서 형수가 편지를 보냈더군. 돌아가셨어.

찰리   그렇군.

벤   그러니까 여기가 브루클린이란 말이지? (킬킬 웃는다.)

찰리   형님 재산을 좀 물려받을 수도 있지 않을까.

월리   아니, 아들이 일곱이야. 난 형님과 단 한 번…….

벤   난 기차를 타야 해, 윌리엄. 알래스카에 몇 군데 눈여겨본 데가 있어.

월리   그럼요, 그럼요! 그때 내가 형님과 함께 알래스카에 갔더라면 모든 것은 완전히 달라졌겠지.

찰리   여봐, 거기서 얼어 죽기나 했을 걸세.

월리   무슨 소리야?

벤   알래스카에 기회는 엄청나다, 윌리엄. 네가 오지 않아 놀랐어.

월리   그럼요, 엄청나죠.

찰리   엉?

월리   인생의 답을 아는 사람이라곤 형님 한 분뿐이었어.

찰리   누구?

벤   다들 잘 지내시는가?

윌리　(판돈을 집으며 미소 짓는다.) 좋아요, 좋아.

찰리　오늘 밤 꽤 잘나가는걸.

벤　어머니는 너와 함께 사시나?

윌리　아뇨, 오래전 돌아가셨어요.

찰리　누가 돌아가셔?

벤　정말 안됐군. 어머니는 현모양처의 표본이셨는데.

윌리　(찰리에게) 엉?

벤　어머니를 한번 뵙고 싶었는데.

찰리　누가 돌아가셨다고?

벤　아버지에게 무슨 소식 들은 건 없고?

윌리　(맥없이) 무슨 소리야, 누가 죽어?

찰리　(판돈을 집으며) 무슨 얘길 하는 거야?

벤　(시계를 보며) 윌리엄, 8시 30분이다!

윌리　(마치 자신의 혼란을 쫓아 버리려는 듯 화를 내며 찰리의
　　　손을 막는다.) 그건 내 거야!

찰리　내가 에이스를…….

윌리　게임하는 법도 모르는 사람과 돈내기를 하진 않겠어!

찰리　(일어서며) 그건 내 에이스였어, 젠장!

윌리　끝났어, 끝났어!

벤　어머니가 언제 돌아가셨는데?

윌리　오래전에요. 처음부터 자네는 카드놀이 하는 법을
　　　전혀 몰랐어.

찰리　(카드를 집어 들고 문으로 가며) 알았어! 다음에는 에이
　　　스가 다섯 개 든 카드를 가져오지!

윌리　난 그따위 게임은 하지 않아!

찰리 (윌리에게로 돌아서서) 부끄러운 줄 알아야지!

윌리 그래?

찰리 그래! (나간다.)

윌리 (문을 꽝 닫으며) 천하에 무식한 자식!

벤 (윌리가 부엌의 가상 벽을 통과해 다가가자) 윌리엄이로 구나.

윌리 (벤의 손을 잡고 흔들며) 벤 형님! 얼마나 오래 기다 렸는지 아세요! 그래, 해답이 뭡니까? 어떻게 그렇게 하셨어요?

벤 아, 이야기가 길어.

(예전 모습 그대로 린다가 빨래 바구니를 들고 무대 앞으로 나 온다.)

린다 벤 아주버님이세요?

벤 (정중한 태도로) 안녕하세요, 제수씨.

린다 그동안 내내 어디 계셨어요? 남편은 항상 왜 아주 버님께서…….

윌리 (성마르게 벤을 린다로부터 멀리 끌고 가며) 아버지는요? 아버지를 따라가셨잖아요? 어떻게 일을 시작하신 거예요?

벤 음, 네가 어릴 적 일을 얼마나 많이 기억하는지 모 르겠구나.

윌리 음, 하긴 저는 아기였지요. 고작해야 서너 살 정도 됐 을까…….

벤   삼 년 십일 개월이었지.

윌리   굉장한 기억력이시군요, 형님!

벤   사업이 한두 가지가 아니지만 평생 부기장 한번 써 본
        적이 없다, 윌리엄.

윌리   마차 아래 앉아 있던 게 기억나요. 네브래스카였나?

벤   사우스다코타였지. 내가 들꽃 한 무더기를 주었어.

윌리   형님이 길게 뻗은 길을 따라 걸어갔던 게 기억나요.

벤   (소리 내 웃으며) 알래스카로 아버지를 찾아가던 참이
        었지.

윌리   아버진 어디 계신데요?

벤   나이가 나이인지라 지리를 잘 몰랐어. 며칠이 지나고
        보니 내가 정남쪽으로 내려가고 있더군. 그래서 알래
        스카 대신 아프리카로 가게 되었어.

린다   아프리카!

윌리   골드코스트!

벤   주로 다이아몬드 광산이었지.

린다   다이아몬드 광산!

벤   그래요, 제수씨. 그런데 시간이 몇 분밖에 없어서…….

윌리   안 돼요! 얘들아! 얘들아! (어린 비프와 해피가 나타
        난다.) 들어 봐. 큰아버지이시다. 훌륭한 분이시지!
        우리 애들에게 이야기해 주세요, 형님!

벤   얘들아, 나는 열일곱 나이에 정글 속으로 걸어 들어가
        스물한 살에 걸어 나왔지. (소리 내어 웃는다.) 부자가
        되어서 말이야.

윌리   (아이들에게) 내가 그동안 늘 이야기해 온 거잖아?

근사한 일이 일어난다니까!

벤 (시계를 흘끗 보며) 화요일에 케치칸에서 약속이 있어.

윌리 안 돼요, 형님! 아버지에 대해 이야기해 줘요. 아이들이 들어야 해요. 아이들은 자신의 뿌리를 알아야 해요. 내가 기억하는 것이라곤 턱수염이 무성한 남자가…… 나는 어머니 무릎에 앉아 있었고요…… 불 옆에 앉아 높은 소리가 나는 악기를 연주하고 있었던 것뿐이에요.

벤 플루트야. 아버지는 플루트를 연주하셨지.

윌리 맞아, 플루트였어. 그거예요!

(새로운 음악이 들린다. 높고 흥겨운 가락이다.)

벤 아버지는 아주 멋진 분이었지. 아무 데도 구속되지 않는 자유로운 영혼이었어. 보스턴에서 출발해 온 가족을 마차에 싣고 전국을 가로질러 횡단하시던 분이었지. 오하이오, 인디애나, 미시간, 일리노이, 그리고 서부 전체를 관통해서 말이야. 마을에 도착하면 아버지는 여행 중에 만드신 플루트를 팔았어. 아버지는 손재주가 아주 뛰어났어. 너 같은 녀석은 평생 걸려도 못 만들 물건들을 주머니칼 하나로 일주일 만에 만들어 내셨지.

윌리 제 아이들을 바로 그렇게 키우고 있답니다, 벤 형님. 강건하고 인기 있고 융통성 있게 말이죠.

벤 그래? (비프에게) 때려 봐, 어디 할 수 있는 만큼 여길

힘껏 때려 봐라. (자신의 배를 두드린다.)

비프　아, 못해요, 큰아버지!

벤　(권투 자세를 취하며) 이리 와, 덤벼 봐! (소리 내 웃는다.)

윌리　해 봐, 비프! 달려들어 보여 줘!

비프　오케이! (주먹을 움켜쥐고 시작한다.)

린다　(윌리에게) 왜 싸워야 하는 거예요, 여보?

벤　(비프와 상대하며) 잘하는걸! 잘하는걸!

윌리　어때요, 형님? 예?

해피　레프트, 레프트, 형!

린다　왜 싸운대요?

벤　잘하는걸! (갑자기 치고 들어와 비프를 쓰러뜨린 뒤 밟고 선다. 우산 끝으로 비프의 눈을 겨눈다.)

린다　조심해, 비프!

비프　이런, 쳇!

벤　(비프의 무릎을 토닥이며) 모르는 사람과는 절대 공정하게 싸우지 마라, 얘야. 그래서는 절대 정글을 빠져나오지 못한다. (린다의 손을 잡고 절을 하며) 만나서 반가웠습니다, 제수씨.

린다　(놀라서 쌀쌀맞게 손을 빼낸다.) 여행 조심…… 해서 하세요.

벤　(윌리에게) 하는 일마다 잘되기를……. 직업이 뭐냐?

윌리　세일즈예요.

벤　그래? 자, 그럼……. (모두에게 작별의 인사로 손을 쳐든다.)

윌리　안 돼요, 벤 형님, 그렇게 생각하시면……. (벤의 팔을 잡고 보여 준다.) 그래요, 여기는 브루클린이에요. 그렇지만 여기에도 사냥감이 있어요.

벤   이제 정말 가야 해.

윌리 아, 뱀과 토끼도 있어요. 그래서 이리로 이사를 온 거예요. 비프는 이 나무쯤은 순식간에 찍어 넘길 수 있어요. 얘들아! 저기 아파트 공사장에 가서 모래 좀 가져와라. 지금 당장 현관 계단을 새로 짓자! 보세요, 형님!

비프 예, 아빠! 서둘러, 해피!

해피 (비프와 달려 나가는 중에) 저 살 빠졌는데, 아빠, 알아 보시겠어요?

(아이들이 미처 사라지기도 전에 반바지 차림의 찰리가 등장한다.)

찰리 이봐, 계속 공사장에서 물건을 훔치면 경비가 경찰을 붙여 놓을 거야!

린다 (윌리에게) 비프더러 하지 말라고…….

(벤이 탐욕스럽게 껄껄 웃는다.)

윌리 아이들이 지난주에 가져온 목재를 보셨어야 했는데. 가로세로 15센티미터, 25센티미터짜리 목재가 열두 개도 넘었어요. 돈으로 치면 상당하죠.

찰리 이봐, 만약 경비가…….

윌리 빌어먹으라 그래. 여기엔 겁 없는 녀석들이 둘이나 있다고.

찰리   윌리, 구치소엔 겁 없는 녀석들 천지야.

벤   (윌리의 등을 때리며 찰리를 비웃는다.) 주식 거래소에도 겁 없는 녀석들이 득시글거린다오, 친구!

윌리   (따라 웃으며) 바지 절반은 어디 갔어?

찰리   아내가 사다 준 거야.

윌리   거기에 골프채만 들고 2층에 올라가 잠이나 자면 되겠군. (벤에게) 굉장한 운동 신경이죠! 찰리와 그 아들 버나드는 못질 하나 제대로 못한답니다!

버나드 (달려 들어오며) 경비가 비프 형을 쫓아와요!

윌리   (화가 나서) 닥쳐! 아무것도 안 훔쳤어!

린다   (놀라서 서둘러 왼쪽으로 가며) 비프! 어디 있니? (퇴장)

윌리   (벤에게서 떨어져 왼쪽으로 가며) 뭐가 잘못되었다고 그래? 뭐가 문제야?

벤   대담한 녀석이야. 좋았어!

윌리   (소리 내 웃으며) 오, 강철 같은 담력을 지녔죠. 비프란 녀석!

찰리   난 그런 거 몰라. 뉴잉글랜드에 있는 우리 지사의 한 친구는 만신창이가 되어 돌아왔더군. 거기서 묵사 발이 된 거야.

윌리   찰리, 인맥이 중요해. 난 중요한 인맥이 있거든!

찰리   (냉소적으로) 다행이군, 윌리. 나중에 한판 하세. 포틀랜드에서 자네가 벌어 온 돈 좀 따 볼까. (윌리를 비웃으며 퇴장)

윌리   (벤을 보고) 장사가 안 돼요. 살인적이죠. 물론 내 얘기는 아니에요.

벤   아프리카로 돌아가는 길에 잠시 들러 보마.

윌리   (간절히) 며칠만 더 계시면 안 되나요? 형님은 제가
      바라던 사람이에요. 저는, 저는 여기 좋은 직장이
      있지만 그렇지만 저는, 음, 아버지는 제가 너무 어릴
      때 떠나셨고 이야기해 볼 기회도 없었지요. 전 여전히
      제가 뜨내기같이 느껴져요.

벤   기차 시간에 늦겠어.

(그들은 무대 양쪽 끝에 서 있다.)

윌리   형님, 우리 아이들은……. 얘기 좀 하면 안 돼요?
      우리 아이들은 저를 위해서라면 지옥에라도 뛰어들
      테지만 저는…….

벤   윌리엄, 그런 애들이 있으니 넌 최고야. 탁월하고 사내
      다운 아이들이야!

윌리   (벤의 말에 힘을 얻어) 오, 형님, 그런 말을 들으니 얼마
      나 기쁜지! 어떤 때는 제가 애들을 잘못 가르치는 게
      아닌가 두렵거든요. 형님, 애들을 어떻게 가르쳐야 할
      까요?

벤   (말끝마다 무게를 실으며, 심술궂으리만큼 뻔뻔하게)
      윌리엄, 정글로 걸어 들어갔을 때 나는 열일곱이었어.
      걸어 나왔을 때는 스물한 살이었지. 그리고 나는 부자
      였어! (집의 오른편 구석 어둠 속으로 사라진다.)

윌리   부자였다고! 내가 애들에게 심어 주고 싶은 것이 바

로 그런 기백이야! 정글로 걸어 들어가는 것! 내가
맞았어! 내가 맞았어! 맞았어!

(벤이 가 버린 뒤에도 윌리는 여전히 말하고 있다. 린다가 잠옷에
가운을 걸치고 부엌에 들어와 윌리를 찾다가 문밖을 내다본다.
윌리의 왼쪽으로 간다. 윌리가 린다를 바라본다.)

린다   여보? 윌리?
윌리   내가 맞았어!
린다   치즈 좀 드셨어요? (대답이 없다.) 많이 늦었어요, 여보.
       자러 갑시다, 응?
윌리   (위를 똑바로 쳐다보며) 이 마당에서 별을 보려다간 목
       부러지겠어.
린다   들어갈 거죠?
윌리   그 다이아몬드 시곗줄 어떻게 됐소? 기억나지? 벤
       형님이 아프리카에서 왔던 때? 형님이 내게 다이아
       몬드가 박힌 시곗줄을 줬잖아?
린다   전당포에 맡겼죠. 십이삼 년 전 일이에요. 비프의 방송
       통신 교육비로요.
윌리   이런, 멋진 물건이었는데. 좀 걸어야겠소.
린다   하지만 당신은 슬리퍼만 신고 있어요.
윌리   (왼쪽에서 집을 돌며) 내가 맞았어! 내가 맞았다고! (머
       리를 저으며 반은 린다 들으라고) 대단한 사람이었는데!
       대화를 나눌 만한 사람이었지. 내가 맞았어!
린다   (윌리를 부르며) 당신은 슬리퍼만 신고 있다고요, 여보!

(월리는 거의 사라지고 잠옷만 입은 비프가 계단을 내려와 부엌으로 들어선다.)

비프 아버지 저기서 뭐 하시는 거예요?

린다 쉿!

비프 하느님 맙소사, 아버지가 저러신 게 얼마나 되었어요?

린다 그러지 마, 들으실라.

비프 대체 왜 저러시는 거예요?

린다 아침에는 괜찮아지셔.

비프 뭔가 조처를 취해야 하지 않을까요?

린다 애야, 조처를 취해야 할 일은 아주 많지만 아무것도 할 수가 없단다. 가서 자거라.

(해피가 계단을 내려와 층계에 앉는다.)

해피 저렇게까지 크게 말씀하신 적은 없어요, 어머니.

린다 응, 집에 좀 더 자주 들르렴. 그럼 곧 듣게 될 거야. (식탁 앞에 앉아 월리의 재킷 안감을 손질한다.)

비프 왜 어머니는 이런 얘기를 한 번도 써 보내지 않았죠?

린다 어떻게 써 보내니? 석 달이 넘도록 너는 주소도 없었는데.

비프 여기저기 떠돌아다니느라 그랬죠. 하지만 항상 가족을 생각했어요. 아시잖아요. 아시죠?

린다 애야, 안단다. 알아. 그렇지만 아버지는 편지 받는 것을 좋아하셔. 조금이라도 뭔가 나아지는 기미가 있는지 알고 싶어 하시지.

비프　아버지가 항상 저러신 것은 아니죠?

린다　네가 집에 오면 항상 최악의 상태가 되신다.

비프　제가 집에 오면?

린다　네가 집에 올 거라는 편지를 받으면 아버지는 온통 싱글벙글이 되어서는 미래에 대해 이야기하셔. 아주 기분이 좋으시지. 그러다 네가 올 날이 가까워지면 아버지는 점점 더 불안해하시고, 정작 네가 도착하면 화가 난 것처럼 너와 말다툼을 하시지. 아마도 아버지는 네게 완전히 툭 터놓지 못하는 게 있는 것 같아. 왜 그렇게 서로 미워서 안달이냐? 왜 그런 거냐?

비프　(피하듯) 저는 미워하지 않아요, 어머니.

린다　하지만 네가 이 집 문을 들어서는 순간부터 싸움이잖아!

비프　모르겠어요. 왜 그런지. 저는 안 그러려고 해요. 애쓴다고요. 아시죠, 어머니?

린다　이번엔 집에 계속 있을 거냐?

비프　모르겠어요. 좀 둘러보며 뭘 할지 봐야겠어요.

린다　비프, 평생을 둘러보며 살 수는 없지 않겠니?

비프　뭘 지그시 붙들고 있지를 못하겠어요, 어머니. 뭐든 죽 붙들고 있을 수가 없다고요.

린다　비프, 사람은 철새처럼 봄이 되면 왔다가 가을 되면 날아가는 게 아니란다.

비프　어머니 머리가……. (린다의 머리카락을 만져 본다.) 머리가 하얗게 셌어요.

린다 아, 네가 고등학생일 적부터 이미 하얗게 셌어. 이제는
      더 이상 염색을 안 하는 것뿐이야.

비프 다시 염색하세요, 네? 전 어머니가 나이 들어 보이는
      게 싫은데. (미소 짓는다.)

린다 아직도 어린애로구나, 너는! 한두 해 나가 있다가 오
      면……. 언젠가 돌아와 이 집 문을 두드렸을 때 낯선
      사람들이 살고 있을 거라는 생각도 해야지.

비프 무슨 말씀이세요? 아직 예순도 안 되셨는데.

린다 아버지는 어떻고?

비프 (우물쭈물) 아버지도 그런 셈이죠, 뭐.

해피 형은 아버지를 존경해요.

린다 얘, 비프, 네가 아버지를 좋아하지 않는다면 넌 나도
      좋아할 수가 없을 거야.

비프 전 어머니를 정말 좋아하는데요.

린다 아냐. 그저 나만 보러 올 수는 없어. 난 너희 아버지를
      깊이 사랑하거든. (위협적으로, 그러나 눈물이 가득 고인
      채) 너희 아버지는 내가 세상에서 가장 사랑하는
      사람이란다. 그러니 어느 누구도 그이를 쓸모없는
      존재, 비참하고 우울한 존재로 만들어 버리도록 두고
      보지 않겠어. 이제 넌 마음을 정해야 한다. 더 이상
      빠져 나갈 구멍은 없어. 너희 아버지이니 정당하게
      존경심을 표시하든가, 아니면 여기 다시 오지 않든가.
      너희 아버지가 같이 지내기 쉬운 사람은 아니야.
      그거야 내가 제일 잘 알지. 하지만…….

윌리 (왼쪽에서 소리 내어 웃으며) 어이, 어이, 비프 요 녀석!

비프 (윌리를 쫓아가려 들며) 도대체 왜 저러시는 거예요?
      (해피가 저지한다.)

린다 가지 마. 가까이 가지 마!

비프 아버지를 위해 변명하는 건 이제 관두세요! 아버지는
      언제나 어머니에게 강압적이었어요. 어머니를 존중하
      는 마음이라곤 눈곱만치도 없고.

해피 아버지는 언제나 어머니를 존중…….

비프 네가 뭘 알아?

해피 (부루퉁해서) 형도 아버지더러 미쳤다고 하진 말라고!

비프 아버지는 정말 성격이 이상해. 찰리 아저씨라면 이러
      지 않을 거야. 더구나 자기 집에서, 마음속에 있는
      찌꺼기를 토해 내기나 하고.

해피 찰리 아저씨는 자기 문제로 씨름할 필요가 없거든.

비프 윌리 로먼보다 상황이 안 좋은 사람들은 많아. 난
      많이 봤어!

린다 그럼 찰리 아저씨를 너의 아버지로 삼으렴. 그렇게
      할 수 있니? 있냐고! 아버지가 훌륭한 분이라고는
      하지 않겠다. 윌리 로먼은 엄청나게 돈을 번 적도 없
      어. 신문에 이름이 실린 적도 없지. 세상에서 가장
      훌륭한 인품을 가진 것도 아니야. 그렇지만 그이는
      한 인간이야. 그리고 무언가 무서운 일이 그에게 일
      어나고 있어. 그러니 관심을 기울여 주어야 해. 늙은
      개처럼 무덤 속으로 굴러떨어지는 일이 있어서는 안
      돼. 이런 사람에게도 관심이, 관심이 필요하다고. 너는
      아버지를 미쳤다고 하지만…….

비프　그런 말이 아니라…….

린다　아니, 많은 사람들이 그가 균형을 잃고, 헤매고 있다고 한다. 하지만 똑똑한 사람이 아니어도 그이의 문제가 뭔지는 쉽게 알 수 있어. 그이는 지친 거야.

해피　맞아요!

린다　소시민도 위대한 사람들처럼 지치긴 마찬가지야. 이번 3월이면 회사에서 일한 지 서른여섯 해가 돼. 그동안 새로운 지역을 개척해서 회사의 노른자로 만들어 놨더니, 이제 늙으니까 봉급을 안 주는구나.

해피　(분노하여) 몰랐어요, 어머니.

린다　애야, 한 번도 물어본 적 없잖니. 이제 다른 곳에서 용돈을 받으니까 아버지에겐 신경도 안 쓰더구나.

해피　그래도 지난번에 쓰시라고…….

린다　크리스마스 때였지, 50달러! 온수 파이프 고치는 데 97달러 50센트가 들었다! 지난 다섯 주 동안 아버지는 봉급 없이 커미션만 받고 살았어. 하찮은 신참처럼 말이야!

비프　배은망덕한 놈들 같으니라고!

린다　아들도 마찬가지 아니냐? 그이가 젊어서 일을 잘할 때는 회사에서 좋아들 했지. 그이를 아껴 주고 어려우면 늘 주문 넣어 주던 친구들이나 바이어들이 이제는 모두 죽거나 은퇴했어. 예전엔 보스턴에서 하루에 예닐곱 회사를 다니며 판촉을 할 수 있었는데, 지금은 샘플 가방을 차에서 꺼냈다가 집어넣었다가 다시 꺼냈다가, 그러니 피로할 수밖에. 사람을 찾아다니는 대신 요즘은 말로 때우지. 1100킬로미터를 달려서 가도 아는 사람 하나 없고 반겨 주는 사람도 없어. 동전 한 푼 벌지 못한 채 다시 1100킬로미터를 달려 집으로 돌아오는 사람 머릿속에 어떤 생각이 들 것 같니? 그러니 왜 혼잣말을 하지 않겠어? 당연하지 않니? 찰리 아저씨네 가서 50달러를 꾸어서는 마치 자기 봉급인 것처럼 내게 내밀 때 어떤 생각이 들겠니? 언제까지 이렇게 갈 수 있을까? 과연 언제까지? 내가 여기 앉아 뭘 기다리는지 알아? 그러고도 성격이 이상하다고? 평생 너희를 위해 일한 사람에게 할 소리냐, 그게? 너희가 금메달을 걸어 드려야 하는 것 아니니? 이게 그 보상이냐? 나이 예순셋에 돌아보니 목숨보다 사랑했던 아들 하나는 바람둥이 놈팡이에…….

해피　어머니!

린다　바로 그게 네 모습이다, 애야! (비프에게) 그리고 비프! 너는 아버지를 끔찍이도 좋아했지 않니? 둘이 정말 잘 어울렸지! 매일 밤마다 전화를 걸어 온갖 일들을 다 아빠에게 얘기했지! 집에 돌아와 네 모습을 보고 나서야 아버지는 외로움이 풀렸고!

비프　알겠어요, 어머니. 여기서 지내면서 직장을 구하겠어요. 아버지와는 충돌을 피하고요.

린다　안 돼, 비프. 여기 살면 계속 싸우기만 할 거야.

비프　아버지가 이 집에서 저를 쫓아냈어요. 기억하시죠?

린다　왜 그러셨는데? 난 그 이유를 모르겠어.

비프　왜냐하면 저는 아버지가 엉터리라는 것을 알았고,

아버지는 그걸 아는 사람을 옆에 두고 싶어 하지 않았기 때문이죠!

린다 엉터리야? 어째서? 그게 무슨 뜻이냐?

비프 모든 비난을 다 제게 퍼붓지는 마세요. 아버지와 저 사이의 문제예요. 그 얘기밖엔 할 수 없네요. 이제 부터 일자리 알아볼게요. 아버지에게 제 봉급의 반을 떼어 드릴게요. 그럼 괜찮으실 거예요. 자러 가야겠어요. (계단으로 간다.)

린다 괜찮지 않으실 거다.

비프 (분노에 차서 돌아보며) 난 이 도시가 싫어도 눌러앉을 거라고요! 여기서 뭘 더 바라세요?

린다 비프, 아버지는 죽어 가고 있어.

(해피가 충격을 받고 재빨리 린다를 돌아본다.)

비프 (잠시 후) 죽어 가고 있다뇨?

린다 자살을 시도하셨어.

비프 (엄청난 두려움에 사로잡혀) 어떻게요?

린다 나는 하루하루를 겨우 살고 있어.

비프 무슨 말씀이세요?

린다 아버지가 또 차 사고를 냈다고 쓴 거 기억하니? 2월에?

비프 그런데요?

린다 보험 회사에서 조사를 나왔어. 조사관이 증거가 있다고 하더구나. 지난해 일어난 모든 사고는…… 모든 사고는…… 사고가 아니었다고.

해피   무슨 말도 안 되는 소리예요? 거짓말이야.

린다   아마도 어떤 여자가……. (숨을 들이쉰다.)

비프   (날카로운 목소리로, 하지만 자제하며) 무슨 여자가요?

린다   (동시에) ……그 여자가…….

린다   뭐?

비프   아니에요. 계속하세요.

린다   뭐라 그랬니?

비프   아니라니까요. 무슨 여자냐고 그랬을 뿐이에요.

해피   여자가 어쨌단 거예요?

린다   글쎄, 어떤 여자가 길을 걷다가 그이 차를 본 모양이야. 전혀 과속 운전을 한 것도 아니고 미끄러진 것도 아니라고 했대. 네 아버지가 작은 다리에 이르더니 의도적으로 난간을 들이받더래. 천만다행으로 물이 얕아서 살아난 모양이야.

비프   이런, 또 졸았던 모양이지요.

린다   졸았던 것 같지 않아.

비프   아니, 왜요?

린다   지난달에……. (아주 힘겹게) 아, 얘들아, 이런 얘기를 하려니 정말 힘들구나! 너희 아버지가 너희에겐 덩치만 커다란 바보 같겠지만 사실은 어느 누구보다 좋은 점이 많은 사람이란다. (목이 메어 눈물을 닦는다.) 퓨즈를 들여다볼 일이 있었거든. 전기가 나가서 지하로 내려갔지. 퓨즈 상자 뒤에, 상자가 마침 떨어져 나와 있었어. 요만한 고무호스가 있었어.

해피   정말이에요?

린다   그 끝에 작은 부속이 붙어 있었어. 바로 알아봤지. 예상대로 가스히터 바닥 파이프에 조그만 꼭지가 연결되어 있었어.

해피   (화가 나서) 이런…… 바보같이.

비프   그래, 떼어 냈어요?

린다   나는…… 나는 무서웠어. 그 말을 어떻게 하겠니? 날마다 내려가서 그 작은 고무호스를 떼어 내지. 하지만 네 아버지가 집에 오면 다시 제자리에 갖다 놓는단다. 그런 식으로 네 아버지에게 창피를 줄 수는 없잖니? 어찌해야 할지 모르겠어. 얘들아, 난 하루하루를 간신히 넘기며 살아가고 있단다. 사실 난 그이가 마음속으로 무슨 생각을 하는지 다 알 수 있어. 촌스럽고 바보같이 들리겠지만, 너희 아버지는 일생을 너희에게 바쳤는데 너희는 등을 돌렸어. (의자에 앉은 채 고개를 푹 숙이며 손에 얼굴을 묻고 흐느낀다.) 비프, 하느님께 맹세코 아버지의 목숨은 네 손에 달렸다!

해피   (비프에게) 이런 답답하고 멍청한 양반을 봤나!

비프   (린다에게 입맞춤하며) 알았어요, 어머니. 알았어요. 다 정리되었어요. 제가 그동안 게을렀지요. 저도 알아요, 어머니. 하지만 이제는 정착해서 마음잡을게요. 맹세해요. (린다 앞에 무릎을 꿇고 자책감에 사로잡혀) 어머니, 단지, 저는 사업이 맞지 않아요. 시도는 해 볼게요. 노력해서 좋은 결과를 보여 드릴게요.

해피   그러고말고요. 근데 형의 문제점은 사람들 비위를 맞춰 주려고 하지 않는다는 거죠.

비프 알아……. 나는…….

해피 해리슨에서 일할 때를 생각해 봐. 사장이 형더러 최고
라고 했잖아. 그런데 엘리베이터 안에서 삼류 개그를
하는 것처럼 우스꽝스러운 노래를 휘파람으로 불어
대는 바람에.

비프 (해피에게 대들며) 그게 뭐? 휘파람을 불고 싶을 때가
있다고.

해피 엘리베이터 안에서 휘파람이나 부는 사내를 요직에
앉히지는 않아!

린다 애들아, 이제 와서 그런 걸로 다툴 것 없다.

해피 대낮에 주문 받으러 다니는 대신 수영을 하질 않나.

비프 (점점 화가 나서) 야, 너는 도망 안 가냐? 너는 가끔 일
빼먹지 않느냐고? 여름날 날씨 좋을 때…….

해피 그러지. 하지만 난 대책을 마련해 둔다고.

린다 애들아!

해피 나는 슬그머니 사라질 때도 연락처를 남겨 놔. 그러면
친구들이 내가 일 보고 방금 나갔다고 사장에게 증언
해 주거든. 형, 이런 말 하기는 정말 싫지만, 업계에서
어떤 사람들은 형보고 정신 나갔다고 그래.

비프 (화가 나서) 업계라니, 빌어먹을!

해피 그래, 빌어먹을! 하지만 대책은 마련해 둬야지!

린다 해피, 해피!

비프 그 작자들이 뭐라고 하든 신경 안 써! 그 작자들은
아버지를 업신여긴 지도 꽤 됐어. 왜인지 알아? 우리는
이 거지 같은 도시에 속해 있지 않거든! 우리는 탁 트인

들판에서 집을 짓거나, 아니면, 아니면 목수가 되어야 해. 목수는 휘파람 불어도 되거든!

(윌리가 왼쪽에서 집의 입구를 통해 걸어 들어온다.)

윌리 네 할아버지도 일개 목수보다는 나은 분이었다. (침묵. 모두 그를 바라본다.) 너는 아직도 애로구나. 단언하지만 버나드는 엘리베이터 안에서 휘파람을 불지 않아.

비프 (웃어 넘기려는 듯) 그래요, 하지만 아버지도 부시잖아요.

윌리 내 평생 한 번도 엘리베이터 안에서 휘파람 분 적이 없어! 그리고 업계에서 누가 나더러 정신이 나갔다고 한다는 거냐?

비프 그런 뜻으로 말한 게 아니에요, 아버지. 사소한 얘기를 너무 크게 생각하지 마세요, 네?

윌리 서부로 돌아가 버려! 목수가 되든 카우보이가 되든 네 맘대로 해!

린다 여보, 비프는 단지⋯⋯.

윌리 비프가 말하는 거 다 들었어!

해피 (윌리를 진정시키려고) 어어, 아버지, 진정하시고요⋯⋯.

윌리 (해피의 말을 끊고 들어오며) 그래, 나를 업신여긴다고? 보스턴에 있는 필리나나 협이나 슬래터리 상사에 가 봐. 윌리 로먼이 왔다고 하면 어떻게 하나 보라고! 난리가 나지!

비프 알았어요, 아버지.

윌리 난리!

비프 알았다고요!

윌리 왜 너는 항상 나를 모욕하는 거냐?

비프 전 아무 말도 안 했어요. (린다에게) 제가 입이라도 달 싹했나요?

린다 입도 달싹 안 했어요, 여보.

윌리 (거실 문 쪽으로 가며) 알았어요. 잘 자요, 잘 자.

린다 여보, 비프는 지금 막 결심을…….

윌리 (비프에게) 빈둥대기도 피곤해지면 내일은 내가 올린 거실 천장에 칠이나 해라.

비프 내일 아침 일찍 나가려고요.

해피 아버지, 형이 빌 올리버 사장을 만나러 간대요.

윌리 (관심을 보이며) 올리버 사장? 아니 왜?

비프 (신중하게, 나름대로 애쓰며) 올리버 사장은 항상 제게 장사 밑천을 대 주겠다고 했거든요. 이제 사업을 해 보고 싶어서 장사 밑천을 좀 꿀까 하고요.

린다 너무 근사하죠?

윌리 끼어들지 말아요. 뭐가 근사하다는 거야? 비프에게 장사 밑천 대 주겠다는 사람은 뉴욕에 지천으로 깔렸 어. (비프에게) 스포츠 용품?

비프 그럴 것 같아요. 그쪽을 좀 아니까 아마도…….

윌리 좀 알지! 스포츠 용품이라면야 어떤 스포츠 회사 사장보다 네가 더 잘 알지! 얼마나 대 주겠대?

비프 모르죠. 아직 만나지도 않았으니까. 하지만…….

윌리 그러면 지금 하는 소리는 뭐냐?

비프 (슬슬 화가 나서) 아니, 저는 단지 사장을 만나러 갈 거라는 얘기밖에 안 했어요!

윌리 (등을 돌리며) 아, 그러니까 또 헛물부터 켜고 있다, 그 말이로군.

비프 (왼쪽 계단으로 가며) 에이, 엿 같아! 잠이나 자야겠어!

윌리 (비프 뒤에 대고 소리친다.) 내 집에서 욕하지 마라!

비프 (돌아보며) 아버지는 언제부터 그렇게 경건하셨나요?

해피 (둘을 말리려고) 아니, 잠깐만……

윌리 그런 식으로 내게 말하지 마라! 가만두지 않겠다!

해피 (비프를 붙들고 소리친다.) 잠깐만! 좋은 생각이 있어. 그냥 든 생각인데, 형, 잠깐만 얘기를 해 보자. 구체적으로 얘기를 좀 해 보자고. 지난번 플로리다에 갔을 때 스포츠 용품 판매업을 해 볼까 하는 멋진 생각이 났거든. 그냥 반짝 생각이 떠올랐어. 형과 나, 우리 둘이서 로먼 사를 차리는 거야. 둘이서 몇 주 훈련해서 전시회도 몇 번 하고. 어때?

윌리 좋은 생각인데!

해피 더 들어 보세요! 둘이서 농구 팀 둘을 만드는 거예요. 아니면 수구 팀을 두 개 만들던가. 서로 경기를 하는 거죠. 100만 달러짜리 광고가 될걸요. 형제 둘이서 말이죠. 로먼 브라더스. 그리고 로열 팜스 호텔에서 전시회를 열어요. 온갖 호텔에서 말이죠. 전시장과 농구 경기장에 광고판을 붙이고. '로먼 브러더스'라고. 와, 그러면 좀 팔릴걸요!

윌리 100만 달러짜리 아이디어로군.

린다 정말 훌륭해!

비프 그런 거라면 몸이 아직 유연하다고 할 수 있지.

해피 더 좋은 건 뭐냐면 형, 이건 사업 같지가 않다는 거야. 우리는 다시 농구를 하는 거고…….

비프 (흥분하여) 맞아, 그건…….

윌리 100만 달러짜리다…….

해피 그리고 형은 그거에 질리지도 않을 거야. 다시 가족이 합치는 거지. 예전의 명예와 우정을 되찾을 거고 수영하러 잠시 나가고 싶거나 하면, 나가면 돼! 형 앞에서 젠체하는 놈이 가로막지도 않을 거야!

윌리 세상에다 매운맛 좀 보여 줘! 너희 둘이 합치면 이 세상 전체를 먹고도 남지!

비프 내일 올리버 사장을 만날 거야. 해피, 만약 잘되면…….

린다 일이 잘 풀리는 거 같은데…….

윌리 (흥분하여, 린다에게) 끼어들지 말아요! (비프에게) 하지만 올리버 사장 보러 갈 때 스포츠 재킷이나 바지를 입지는 말아라.

비프 아니요, 저는…….

윌리 양복을 입고 가능한 한 말은 적게 하고, 농담 따위 지껄이지 말고.

비프 사장은 절 좋아했어요. 언제나 좋아했다고요.

린다 너를 아꼈지!

윌리 (린다에게) 제발 조용히 좀 하라고! (비프에게) 신중하게 걸어 들어가. 애들 아르바이트가 아니라고. 돈이 오고 가는 자리야. 조용히, 말쑥하게, 신중하게. 다들 농담을 좋아하지만 농담만 하는 인간에게 돈을 빌려 주지는 않아.

해피   형, 나도 돈을 좀 꿔 볼게. 나도 얻을 수 있을 거야.

윌리   너희들에게 길이 열리는구나. 이제 너희도 고생 끝인가 보다. 하지만 명심해, 크게 시작해야 크게 먹는다. 15000부터 시작해. 너 얼마나 얘기해 볼 생각이냐?

비프   어어, 잘 몰라요…….

윌리   그리고 '어어' 같은 소리는 하지 마. '어어'는 애들이나 쓰는 말이야. 15000달러 얻으러 오는 사람은 '어어'라고 말하지 않는 법이야.

비프   10000달러 정도가 최고 아닐까 싶은데요.

윌리   너무 소박하게 굴지 마. 넌 항상 너무 몸을 낮춘단 말이야. 크게 너털웃음을 지으며 들어가. 초조한 얼굴 하지 말고. 분위기 좀 밝게 하려면 재미있는 얘기 몇 개 해도 괜찮아. 무엇을 말하느냐가 아니라 어떻게 말하느냐가 중요한 거야. 언제나 인간미가 제일 중요해.

린다   올리버 사장은 언제나 비프를 최고라고…….

윌리   내가 말 좀 하게 해 주겠소?

비프   어머니에게 소리 지르지 마세요, 아버지!

윌리   (화가 나서) 내가 말하고 있었잖니?

비프   아버지는 언제나 어머니에게 소리를 지르는데 저는 그게 싫다고요. 그렇다는 말이에요.

윌리   네가 뭔데 이 집안을 다 휘두르는 거냐?

린다 여보…….

윌리 (린다에게 몸을 돌리며) 항상 비프 편만 들지 말라고, 젠장!

비프 (분노하여) 어머니에게 소리 지르지 마세요!

윌리 (갑자기 볼을 씰룩이며 죄의식으로 기가 죽어) 빌 올리버 사장에게 안부나 전해 다오. 어쩌면 나를 기억할지도 모르지. (거실 문으로 퇴장)

린다 (소리를 죽여) 왜 그렇게 들쑤셔 놓는 거냐? (비프가 몸을 돌린다.) 네가 희망적인 얘기를 하자마자 아버지가 얼마나 다정해지는지 보았지? (비프 곁으로 간다.) 가서 아버지에게 잘 주무시라고 해. 저렇게 주무시게 하면 안 돼.

해피 가요, 형. 기운 좀 북돋아 드리자고.

린다 제발 그래 주렴, 얘야. 그냥 안녕히 주무시라고만 하면 돼. 정말 사소한 것으로 아버지는 행복해하신단다. 어서. (린다가 거실로 가며 2층을 향해 이야기한다.) 잠옷은 욕실에 걸려 있어요, 여보!

해피 (린다가 나간 쪽을 보며) 여장부야. 여자는 약하지만 어머니는 강하다니까. 그거 알아, 형?

비프 월급이 없다고. 맙소사, 커미션만 받고 일하고 있다니!

해피 자, 현실을 직시하자고. 아버지는 최고의 세일즈맨은 아냐. 하지만 정 많은 사람이라는 건 인정해 줘야지.

비프 (결심하며) 10달러만 빌려 줄래? 넥타이를 새로 사야겠어.

해피 내가 아는 가게로 데리고 갈게. 멋진 게 많아. 내일 내

줄무늬 셔츠 입고 가.

비프 머리가 하얗게 셌어. 어머니는 너무 많이 늙어 버렸어. 에이, 내일 올리버 사장에게 가서 담판을 지어…….

해피 올라가자. 아버지에게 말씀드려. 원기 좀 북돋아 드리자고. 가자.

비프 (기분을 내서) 10000달러가 생기면, 이야!

해피 (거실로 들어가며) 이제야 말이 좀 통하네. 예전의 자신감이 되살아나는 것 같은걸! (거실 안쪽부터 어두워지며) 형은 나와 같이 살면 돼. 어떤 여자든지 말만 하면……. (마지막 말은 거의 들리지 않는다. 둘은 계단을 올라가 부모 침실로 간다.)

린다 (침실로 들어가 욕실에 있는 월리에게 말한다. 월리의 침대를 정돈하며) 그 샤워기 좀 고칠 수 있어요? 줄줄 새요.

월리 (욕실에서) 갑자기 모든 것들이 다 고장 나는군! 빌어먹을 놈의 배관이라니, 녀석들을 고소해야 돼. 겨우 세간을 갖춰 놓았더니 이제는……. (웅얼거림으로 바뀐다.)

린다 올리버 사장이 행여나 비프를 기억 못하진 않겠죠? 아마도 기억하겠죠?

월리 (잠옷 차림으로 욕실에서 나오며) 기억하겠냐고? 당신 왜 그래? 정신이 나갔소? 비프가 올리버에게 붙어 있었다면 지금쯤 최고가 되었을 거요! 올리버가 비프를 한번 보기만 하라고 해. 당신은 요즘 애들이 어떤지를 몰라. 요즘 젊은 것들이란, (잠자리에 들며) 깡통이야.

잘하는 일이라곤 빈둥거리는 것밖에 없다니까.

(비프와 해피가 침실로 들어온다. 잠시 침묵.)

월리   (잠시 후 비프를 보며) 오늘 한 얘기 괜찮더구나.

해피   형이 아버지에게 잘 주무시란 인사 하러 왔어요.

월리   (비프에게) 그래. 사장을 케이오시켜 버려. 무슨 말이
        하고 싶은 거냐?

비프   편히 쉬시라고요, 아버지. 안녕히 주무세요. (돌아서
        가려 한다.)

월리   (참지 못하고) 그리고 사장과 이야기하다가 책상에서
        뭔가 떨어져도, 서류 봉투든 뭐든 줍지 마라. 그런 걸
        하는 사환이 다 있으니까.

린다   내일은 근사하게 아침을 차려 줄게.

월리   내 말 좀 끝내게 해 주겠소? (비프에게) 서부에서 사업
        하고 있다고 말해라. 농장 일이 아니라.

비프   그러죠, 아버지.

린다   다 잘될 거라고…….

월리   (바로 린다의 말허리를 자르며) 그리고 너무 깎지는 마.
        15000달러 이하론 안 돼.

비프   (더 이상 견디지 못하고) 알았어요. 안녕히 주무세요,
        어머니. (가려고 한다.)

월리   왜냐하면 너에게는 훌륭한 싹이 있거든, 비프. 그걸
        기억해라. 네겐 모든 훌륭한 싹이 다 있어……. (지쳐
        서 드러눕는다. 비프가 걸어 나간다.)

린다   (비프를 향해) 잘 자라, 비프!

해피   어머니, 저는 결혼하겠어요. 그 말씀을 드리고 싶었
      어요.

린다   잘 자거라, 애야.

해피   (가면서) 그냥 말씀드리고 싶었어요.

윌리   계속 잘해 봐. (해피 퇴장) 아아, 에버트 구장 경기
      생각나오? 뉴욕 시장배?

린다   이제 쉬세요. 노래 불러 드려요?

윌리   응. 노래해 주시오. (린다, 부드럽게 자장가를 부른다.)
      팀이 등장했을 때, 우리 애가 제일 키가 컸어. 기억
      나오?

린다   아, 그럼요. 그리고 온통 황금빛이었죠.

(비프가 어두워진 부엌에 들어와 담배를 물고 집 밖으로 나간다.
무대 아래쪽으로 내려와 황금빛 조명 아래 선다. 담배를 피우며
하늘을 쳐다본다.)

윌리   젊은 영웅 같았지. 헤라클레스나 뭐 그런 거. 그리고
      태양이, 태양이 온통 아이를 감싸고 있었어. 비프가
      내게 손 흔들던 것도 기억나오? 그 구장에 우뚝 서서,
      세 개 대학에서 온 대표단이 옆에 서 있는데 말이지.
      내가 데려온 바이어들도 있고. 우리 애가 나올 때 그
      함성이라니……. 로먼, 로먼, 로먼! 아무렴, 우리 애는
      큰사람이 될 거야. 그처럼 훌륭하고 빛나는 별은 쉽게
      사그라지지 않는 법이지!

(윌리를 비추던 조명 흐릿해진다. 계단 근처 부엌 벽을 통해서 붉은 구리선 아래 푸른 불꽃으로 타오르는 가스히터가 보인다.)

린다   (머뭇거리며) 여보, 비프가 당신에게 뭔가 맺힌 것이 있어요?
윌리   너무 피곤하군. 더 이상 말 걸지 마시오.

(비프가 부엌으로 천천히 돌아온다. 멈춰 서서 히터 쪽을 응시한다.)

린다   뉴욕에서 일하게 해 달라고 하워드 사장에게 부탁해 볼 거죠?
윌리   아침에 일어나자마자 그것부터 할 거요. 다 잘될 거야.

(비프가 히터 뒤로 가서 고무호스를 끄집어낸다. 경악하며 고개를 돌려 윌리의 방 쪽을 본다. 윌리의 방은 여전히 흐릿하게 불이 켜져 있고 린다의 단조롭고 구슬픈 콧노래가 들려온다.)

윌리   (창으로 달빛을 응시하면서) 어어, 빌딩 사이로 달이 움직이는 것 좀 봐!

(비프가 고무호스를 손아귀에 감아쥐고는 재빨리 계단을 올라간다.)

(막)

2막

명랑하고 밝은 음악이 들린다. 음악이 사라지면서 막 오른다. 셔츠 바람에 중절모를 무릎에 놓은 윌리가 부엌 식탁 앞에 앉아 커피를 마시고 있다. 린다가 가끔 그의 커피를 채워 준다.

윌리 훌륭한 커피야. 커피만으로도 아침 식사가 된다니까.
린다 달걀 프라이 좀 만들어 줘요?
윌리 아니. 좀 쉬어요.
린다 당신 아주 편안해 보여요.
윌리 죽은 것처럼 잤어. 몇 달 만인지. 화요일 아침인데 10시까지 자다니. 아이들은 일찌감치 나간 거지?
린다 8시엔 다 나갔죠.
윌리 잘했군!
린다 둘이 같이 나가는 것을 보니 어찌나 흐뭇하던지. 온

집 안에 셰이빙 로션 냄새가 가득해요!

윌리　(미소 지으며) 음.

린다　오늘 아침 비프는 마치 딴사람 같았어요. 아주 희망찬
　　　태도였다니까요. 올리버 사장을 빨리 만나러 가고
　　　싶어 안달이었어요.

윌리　애가 달라지고 있어. 어떤 사람들은 좀 늦게 속이
　　　드는 법이잖아. 그런 거지. 옷은 어떻게 입고 나갔소?

린다　푸른색 양복이요. 그걸 입으니까 너무 근사한 거 있
　　　죠. 그 양복을 입으니 뭐라도 될 수 있을 것 같았
　　　어요!

(윌리가 식탁에서 일어선다. 린다가 재킷을 들고 기다린다.)

윌리　그런 거지. 그런 거라고. 어어, 오늘 밤 집에 오는 길에
　　　씨앗을 좀 사야겠어.

린다　(웃으며) 근사하네요. 그런데 뒤뜰에는 햇볕이 충분
　　　치가 않아서. 이젠 아무것도 자라질 않아요.

윌리　두고 봐요. 죽기 전에 시골에다 집을 장만하고 내가
　　　채소랑 닭이랑 키울 테니…….

린다　그렇게 되겠죠, 여보.

(윌리가 재킷을 입지 않고 걸어 나간다. 린다가 그 뒤를 따른다.)

윌리　애들은 결혼해서 주말에 올 거야. 손님들 쉴 곳도
　　　마련해야지. 난 좋은 연장이 아주 많으니까. 약간의

목재와 마음의 평화만 있으면 돼.

린다 (흥에 겨워) 양복 안감을 손질해 놓았어요…….

윌리 손님 쉴 곳을 두 채는 지어야겠어. 그래야 두 가족이 모두 올 수 있지. 올리버 사장에게 얼마나 부탁할 건지 결정은 했소?

린다 (재킷을 입히며) 그 말은 안 했지만 10000달러나 15000달러겠죠. 하워드 사장에게 오늘 얘기할 거죠?

윌리 응. 간단명료하게 담판을 지어야지. 더 이상은 나를 외근 업무에 넣지 못할 거요.

린다 그리고 여보, 가불을 좀 해 달라고 하는 것도 잊지 마세요. 밀린 보험금이 있어요. 지금 유예 기간이에요.

윌리 그게 100……?

린다 108달러 68센트예요. 또 생활비도 조금 모자라요.

윌리 왜 모자라?

린다 음, 당신 자동차 수리비가 컸고…….

윌리 빌어먹을 스튜드베이커!

린다 그리고 냉장고 할부가 한 번 더 있고…….

윌리 그런데 또 고장 났잖아!

린다 여보, 낡았으니까요.

윌리 광고를 많이 하는 가전제품을 사야 한다고 말했잖소. 찰리는 제너럴 일렉트릭 냉장고를 샀는데 이십 년이 됐는데도 쌩쌩하다고. 빌어먹을 자식.

린다 하지만 여보…….

윌리 헤이스팅스 냉장고라니, 들어나 봤어? 내 인생에 한 번이라도 좋으니 고장 나기 전에 내 것으로 가져

봤으면 좋겠네! 만날 고물만 내 차지야! 막 자동차 할부가 끝나니 폐차 직전이지. 냉장고는 미친 듯이 벨트나 닳아 없애고 있어. 그런 물건들은 유효 기간을 정해 놓고 나오나 봐. 할부가 마침내 끝나면 물건도 생명이 끝나도록 말이야.

린다   (윌리가 재킷 단추를 풀자 다시 끼워 주며) 전부 해서 200달러 정도면 될 거예요, 여보. 하지만 이번만 내면 주택 융자 할부도 끝이에요. 이것만 내고 나면 여보, 이 집이 이제 우리 것이 되는 거예요.

윌리   이십오 년이야!

린다   이 집을 샀을 때 비프는 아홉 살이었지요.

윌리   아아, 대단한 일이야. 이십오 년간의 주택 융자를 다 치르다니.

린다   대단한 일을 해낸 거죠.

윌리   이 집에 내가 부은 시멘트에 목재에, 수리까지 생각해 봐요! 집에 갈라진 곳 하나 없잖아.

린다   아, 사는 데 불편은 없었죠.

윌리   무슨 불편? 언젠가는 누군가 남이 들어와 살겠지, 뭐. 만약 비프가 이 집을 물려받아 가족을 이루고 살 수만 있다면……. (나가면서) 가야 돼, 늦었소.

린다   (갑자기 기억이 나서) 아, 잊어버리고 있었네! 저녁에 애들 만나야 해요.

윌리   내가?

린다   6번가 근처 48번가에 프랭크 스테이크 하우스래요.

윌리   그래? 당신은?

린다 아뇨, 남자들 셋만요. 엄청난 저녁 식사를 대접할 건가 봐요!

윌리 그럴 리가! 누가 그런 생각을 했담?

린다 비프가 오늘 아침에 제게 그러더군요. "우리가 근사한 저녁을 대접할 거라고 아버지에게 전해 주세요." 6시예요. 당신과 아들 둘이 함께 저녁을 먹는 거예요.

윌리 오호! 대단한데. 나는 가서 하워드를 케이오시키고 오지. 가불도 좀 받고 뉴욕 일거리를 받아 오겠소. 빌어먹을, 이제는 하고야 말 거야!

린다 여보, 바로 그거예요!

윌리 이제 남은 평생 운전대는 잡지 않을 거야!

린다 여보, 모든 게 달라지고 있어요. 달라지고 있는 게 느껴지네요!

윌리 두말하면 숨 가쁘지. 다녀오겠소. 늦었어. (다시 나가려 한다.)

린다 (손수건을 찾으러 부엌 식탁으로 달려가며 윌리를 부른다.) 안경 챙겼어요?

윌리 (더듬어 찾아보다가 다시 들어오며) 응, 응, 여기 있어.

린다 (손수건을 주며) 여기 손수건도.

윌리 응, 손수건.

린다 약도 챙겼어요?

윌리 응, 약.

린다 전철 계단에서 조심하시고요.

(린다가 윌리에게 입맞춤하는데 손에 실크 스타킹을 들고 있다.

윌리가 눈치챈다.)

윌리   스타킹 수선하는 것 좀 관둘 수 없소? 내가 집에 있는
       동안만이라도. 그걸 보면 불안해져. 왜 그런지 모르겠어.
       부탁이야.

(린다, 윌리를 따라 앞 무대를 가로질러 집 앞까지 가는 동안 손
안에 스타킹을 감춘다.)

린다   프랭크 스테이크 하우스예요.
윌리   (무대 앞 튀어나온 부분을 지나가며) 적채 같은 푸성
       귀라면 저기서도 자랄 거야.
린다   (소리 내어 웃으며) 몇 번이나 해 봤잖아요.
윌리   응. 오늘은 너무 열심히 일하지 마시오. (집의 오른편
       모퉁이를 돌아 사라진다.)
린다   조심해서 다녀오세요!

(윌리가 사라지는 동안 린다는 손을 흔든다. 갑자기 전화벨이 울린
다. 린다, 무대를 가로질러 부엌으로 들어가 수화기를 든다.)

린다   여보세요? 오, 비프! 마침 전화 잘 했다. 내가 방금,
       응, 그럼. 방금 말씀드렸지. 그래. 6시까지 거기 가
       시라고. 잊지 않고 말했어. 저기, 꼭 하고 싶은 말이
       있어. 내가 얘기했던 작은 고무호스 말이야. 그걸
       아버지가 가스히터에 연결해 놨더라고 했잖아. 내가

드디어 지하에 내려가 그걸 빼서 없애 버리려고 결심했거든. 오늘 아침에. 근데 없어졌더라고! 무슨 말인지 알겠어? 아버지가 그걸 직접 빼 버린 거야! 거기 없었어! (듣는다.) 언제? 아, 그럼 네가 뺀 거구나. 아, 아니야, 아버지가 직접 빼 버린 것이라고 믿고 싶었지. 아니, 걱정은 안 해. 오늘 아침 굉장히 기분이 좋아서 나가셨단다. 마치 옛날처럼. 더 이상 걱정하진 않아. 올리버 사장은 만났니? ……그럼, 거기서 기다려. 애야, 좋은 인상을 줘야 돼. 만나 보기도 전에 너무 땀을 흘리진 말거라. 그리고 아버지와 좋은 시간 보내고. 아버지도 어쩌면 좋은 소식을 가져갈지 몰라! ……그래, 뉴욕에서 일하시게 될 거야. 그리고 애야, 오늘 밤 잘해 드려. 정답게 대해 드려야 한다. 아버지는 쉴 곳을 찾아 헤매는 작은 쪽배 같은 처지야. (슬픔과 기쁨으로 몸을 떤다.) 오, 그래, 애야. 그거 멋지다. 네가 아버지를 구해 드릴 거야. 고맙구나, 애야. 식당에 들어오시면 그냥 한 번 꼭 안아 드리렴. 웃어 드리고. 그래, 착하다……. 안녕……. 빗은 챙겼지? 그럼 됐다. 이따 보자, 비프.

(린다가 이야기하는 동안 서른여섯 살의 하워드 와그너가 작은 타이핑 책상을 밀고 들어와 책상 위 녹음기 전원을 꽂는다. 무대 앞 왼쪽이다. 린다를 비추던 조명 서서히 어두워지고, 하워드 쪽이 밝아진다. 하워드는 녹음기를 설치하는 데 열중하여 윌리가 나타나도 어깨 너머로 힐끗 볼 뿐이다.)

월리   으흠! 으흠!

하워드   여어, 로먼 씨, 들어오세요.

월리   하워드 사장님, 잠깐 얘기할 게 있어서요.

하워드   기다리게 해서 미안합니다. 잠깐만 더 기다려 주세요.

월리   그게 뭔가요, 사장님?

하워드   이런 걸 한 번도 본 적이 없어요? 녹음기예요.

월리   오호. 잠깐 얘기 좀 할 수 있을까요?

하워드   소리를 녹음하죠. 어제 막 배달되어 왔어요. 너무 좋아서 눈을 뗄 수가 없어요. 이제껏 본 중에 가장 멋진 물건이거든요. 밤을 꼬박 샜다니까요.

월리   그걸로 뭘 하는데요?

하워드   녹음한 걸 받아쓰기 위해 샀지만, 뭐든 다 할 수 있어요. 이거 들어 봐요. 어젯밤 집에서 딴 거예요. 내가 뭘 녹음했나 보세요. 처음 것은 내 딸이거든요. 들어 보세요. (스위치를 누르자 「통을 굴려라」라는 노래를 휘파람으로 부는 소리가 나온다.) 우리 애 휘파람 부는 거 들어 보세요.

월리   진짜 같네요?

하워드   일곱 살이에요. 저 곡조를 들어 봐요.

월리   으흠, 으흠. 저기, 부탁할 게 하나 있는데…….

(휘파람 소리가 뚝 끊어지고 하워드의 딸 목소리가 들린다.)

하워드의 딸   "이제 아빠 차례야."

하워드   나를 어찌나 좋아하는지! (다시 똑같은 노래가 휘파람
         으로 들려온다.) 이건 나예요. 하하! (윙크한다.)
윌리   굉장히 잘하시네요!

(다시 휘파람 소리가 뚝 끊어진다. 잠시 침묵 속에 기계만 돌아간다.)

하워드   쉿! 이제 이거 들어 봐요. 우리 아들이에요.
하워드의 아들   "앨라배마 주도는 몽고메리, 애리조나 주도는
         피닉스, 아칸소 주도는 리틀록, 캘리포니아 주도는
         새크라멘토……." (계속된다.)
하워드   (다섯 손가락을 펴 보이며) 다섯 살이랍니다!
윌리   나중에 아나운서가 되려나 보군요!
하워드의 아들   (계속하여) "주도는……."
하워드   들어 봐요. 알파벳 순서랍니다! (갑자기 뚝 끊어진다.)
         잠깐만요. 하녀가 플러그를 건드리는 바람에 선이
         빠졌어요.
윌리   과연…….
하워드   쉿, 잠깐만요!
하워드의 아들   "지금 시각은 9시입니다. 불로바 시계가 전해
         드렸습니다. 이제 나는 자러 가야 합니다."
윌리   정말…….
하워드   잠깐만! 다음은 제 아내랍니다.

(기다린다.)

하워드의 목소리 　"자, 뭐라도 말해 봐."(잠시 후)"자, 어서
　　　　　　 얘기해 봐."

아내 　"아무 생각도 안 나요."

하워드의 목소리 　"자, 이제 얘기해."(기계가 돌아간다.)

아내 　(수줍고 주눅 든 목소리)"여보세요."(침묵)"아이, 여보,
　　　　기계에 대곤 말 못해요……."

하워드 　(기계를 딸깍 끄며) 내 아내예요.

윌리 　멋진 기계네요. 우리 얘기 좀…….

하워드 　로먼 씨, 난 카메라니 줄톱이니 하는 모든 취미
　　　　생활을 깡그리 다 집어치울 참이랍니다. 녹음기야말로
　　　　최고로 멋진 여가 생활이에요.

윌리 　저도 하나 사야겠네요.

하워드 　그럼요, 150달러면 살 수 있어요. 녹음기가 없으면
　　　　아무것도 못 한다니까요. 예를 들어 「잭 베니 쇼」를
　　　　듣고 싶다고 해 봐요? 그런데 그 시간에 집에 있을
　　　　수가 없잖아요. 그럼 하녀에게 「잭 베니 쇼」를 하는
　　　　동안 라디오를 틀어 놓으라고 하는 거예요. 그러면
　　　　자동으로 녹음이 된답니다…….

윌리 　그리고 집에 돌아오면…….

하워드 　12시에 오든 1시에 오든, 언제 집에 돌아오더라도
　　　　콜라 한 잔 마시며 앉아서 스위치를 켜고 한밤중에
　　　　「잭 베니 쇼」를 들을 수 있다는 거죠!

윌리 　저도 꼭 한 대 사야겠네요. 영업하러 거의 항상 나가
　　　　있다 보니 라디오 프로그램 놓치는 게 아쉽다니까요.

하워드 　자동차에 라디오가 없나요?

윌리   아, 물론 있지만 도무지 켤 생각이 나야 말이죠.

하워드   잠깐만, 당신 보스턴에 가 있어야 되는 거 아닌가요?

윌리   그래서 그 이야기를 좀 하려고 왔답니다, 사장님. 시간
        있으세요? (무대 구석에서 의자를 끌어내 온다.)

하워드   무슨 일인데요? 여기서 왜 이러고 있는 건데요?

윌리   어어…….

하워드   또 사고 낸 건 아니겠죠?

윌리   오, 아니에요. 그게 아니라…….

하워드   아이고, 잠깐 가슴이 철렁했네. 무슨 문제예요?

윌리   사실대로 말씀드릴게요, 사장님. 저 더 이상은 외근을
        나갈 수가 없다는 결론을 내렸습니다.

하워드   외근을 안 나간다고! 아니, 그러면 뭘 할 건데요?

윌리   지난 성탄절에 여기서 파티할 때 하신 말씀 기억하세
        요? 여기 시내에 제가 있을 만한 곳을 알아보겠다고
        하셨죠.

하워드   우리랑 같이?

윌리   음, 그렇죠.

하워드   오, 그래, 그래요. 기억나요. 그런데 아무래도 로먼
        씨가 있을 만한 곳이 없더군요.

윌리   사장님, 한 번만 더 생각해 주세요. 우리 애들은 다
        장성했답니다. 이제 그다지 많은 돈이 필요치 않아요.
        집에 주급 65달러 정도만 가져가면 근근이 생활할 수
        있어요.

하워드   아, 하지만 로먼 씨…….

윌리   이유를 말씀드릴게요. 정말 솔직하게 말씀드리자면

사장님, 제가 좀 지쳤답니다.

하워드 아, 그건 알아요, 로먼 씨. 하지만 로먼 씨는 외근직 사원이고 우리 회사는 외근이 기본이에요. 여기 본사 영업직은 대여섯 명 정도밖에 없어요.

윌리 하워드 사장님, 제가 언제 다른 사람들처럼 부탁드린 적이 있습니까. 하지만 저는 회장님이 사장님을 안고 여기 오셨을 때부터 회사에 있었습니다.

하워드 알아요, 로먼 씨, 그러나…….

윌리 회장님은 사장님이 태어나셨을 때 제게 오셔서 하워드란 이름이 어떠냐고 물어보셨지요. 지금은 천국에서 고이 쉬고 계시겠지만요.

하워드 로먼 씨, 나도 알아요. 그렇지만 로먼 씨에게 맞는 자리가 없어요. 자리가 생기면 바로 투입하겠지만 비어 있는 자리가 하나도 없답니다.

(하워드가 라이터를 찾는다. 윌리가 찾아 준다. 침묵.)

윌리 (점점 화가 나서) 사장님, 먹고사는 데 주당 50달러면 됩니다.

하워드 하지만 당신을 어디에다 배치하란 말이오?

윌리 사장님, 이건 제가 물건을 팔 수 있느냐 없느냐의 문제가 아니지 않습니까?

하워드 그건 아니죠. 하지만 이건 비즈니스니까 누가 됐든 자기 능력대로 일을 맡아야 한단 말이지요.

윌리 (절망적으로) 사장님, 잠깐 제 얘기 좀 들어 보시면…….

하워드　비즈니스는 비즈니스지요. 인정해야 해요.

윌리　(화가 나서) 비즈니스는 당연히 비즈니스지요. 그렇지만 잠시만 내 말 좀 들어 봐요. 이걸 아셔야 한단 말이오. 나는 열여덟, 열아홉 소싯적에 이미 외근 영업직 사원이었지요. 마음속에는 세일즈가 내 미래를 보장해 줄까 하는 의문이 있었어요. 그때 나는 알래스카에 가고 싶은 열망이 있었답니다. 알래스카에서 한 달 동안 세 번이나 노다지가 터졌거든요. 나도 가고 싶었어요. 그냥 한번 가 보고 싶었다고 할 수도 있겠지만요.

하워드　(거의 흥미 없이) 그래요?

윌리　그럼요. 아버지가 알래스카에서 오래 사셨거든요. 아버지는 모험심이 강한 분이었어요. 우리 집안에는 자립 정신의 피가 면면히 흐르고 있답니다. 난 형과 함께 알래스카로 가서 아버지를 찾아볼까, 그리고 북쪽에서 부친과 함께 정착을 해 볼까 싶었지요. 가야겠다고 거의 마음먹었는데, 파커 하우스 호텔에서 세일즈맨 한 사람을 만났지 뭡니까. 데이브 싱글먼이었지요. 팔십 넘은 노인이었는데 서른한 개 주에서 판로를 개척했던 사람이었습니다. 이 노인네가 방에 올라가면 녹색 벨벳 슬리퍼를 신고…… 그 색깔이 잊히지도 않아요…… 수화기를 들고 바이어에게 전화를 해서는, 방을 뜨지도 않은 채 영업을 하더란 말입니다. 나이 여든넷에. 그걸 보니 세일즈야말로 사람이 할 수 있는 가장 멋진 일이라는 생각이 듭니다. 나이 여든넷에 스무 개, 서른 개의 다른 도시에 가서 전화를 걸고 가지각색의 사람들에게 기억되고 사랑받고 도움받고 하는 것보다 더 흐뭇한 일이 어디 있겠습니까? 이거 아세요? 싱글먼이 죽었을 때, 그야말로 세일즈맨다운 죽음을 맞았지요. 뉴욕, 뉴헤이븐, 하트퍼드에서 보스턴으로 가는 기차 흡연실에서 녹색 벨벳 슬리퍼를 신은 채로 죽었으니까요. 그가 죽었을 때 수백 명이나 되는 세일즈맨과 바이어가 장례식에 참석했습니다. 그 이후에도 몇 달간 기차간에서는 분위기가 내내 침울했지요. (일어난다. 하워드는 그를 보고 있지 않다.) 그때엔 인간미가 있었단 말입니다, 사장님. 영업할 때도 존경과 우정과 감사가 있던 시절이란 말입니다. 요즘은 그런 것일랑 깡그리 사라지고 말라비틀어지고, 우정이라든가 인간미가 끼어들 여지는 전혀 없단 말입니다. 무슨 말인지 아시겠어요? 이제 더 이상 나를 몰라봐요.

하워드　(오른쪽으로 가며) 세상이 그런 거죠, 로먼 씨.

윌리　주당 40달러만 있으면, 그것만 있으면 됩니다. 40달러입니다, 사장님.

하워드　여보시오, 뭐가 있어야 돈을 주지.

윌리　(이제 절망감에 휩싸여) 사장님, 민주당 경선에서 앨 스미스 의원이 지명되었던 해에 말이죠, 회장님이 제게 오셔서…….

하워드　(나가면서) 다른 약속이 있어서 이만.

월리　(붙잡으며) 사장님 아버지 얘기라니까요! 바로 이 책상 위에서 약속을 했단 말입니다! 저는 이 회사에서 삼십사 년을 봉직했는데 지금은 보험금조차 낼 수 없는 형편입니다! 오렌지 속만 까먹고 껍데기는 내다 버리실 참입니까. 사람은 과일 나부랭이가 아니지 않습니까! (잠시 후) 관심을 좀 기울여 주세요. 사장님 아버지는……. 1928년에 저는 큰 성공을 거두었어요. 주당 평균 커미션만 170달러에 달했으니까요.

하워드　(참지 못하고) 이봐요, 로먼 씨, 당신은 한 번도 그렇게 많이…….

월리　(손으로 책상을 내려치며) 1928년도 주당 평균이 170달러였다고요! 회장님이 오셔서, 제가 여기 사무실에 있었지요. 바로 이 책상 위에서, 제 어깨에 손을 짚으시며…….

하워드　(일어나며) 나가 봐야겠어요, 로먼 씨. 사람 만날 약속이 있어서. 기운 내시고요. (나가며) 잠시 뒤 오지요.

(하워드 퇴장. 그가 앉았던 의자를 비추는 조명이 아주 환해지고 낯설어진다.)

월리　기운 내라고! 내가 대체 무슨 말을 한 거야? 맙소사, 사장에게 고래고래 소리 질렀어! 어떻게 감히! (월리, 탈진하여 조명을 응시한다. 조명은 의자를 비추면서 춤춘다. 월리는 의자로 다가가 책상을 마주 보고 선다.) 프랭크 사장님, 프랭크 사장님, 그때 제게 얘기한 거

기억하시죠? 제 어깨에 손을 얹고, 사장님은……. (죽은 사장의 이름을 부르면서 책상에 기대다가 우연히 녹음기 스위치를 건드린다. 그러자 곧)

하워드의 아들 목소리 "……뉴욕 주도는 올버니, 오하이오 주도는 신시내티, 로드아일랜드 주도는……."(낭송이 계속된다.)

윌리 (깜짝 놀라서 펄쩍 뛰며 소리 지른다.) 헉! 사장님! 사장님! 사장님!

하워드 (달려 들어오며) 무슨 일이에요?

윌리 (계속 주도를 외우는 어린애 콧소리를 내는 기계를 가리키며) 꺼요, 저것! 꺼 달라고요!

하워드 (플러그를 빼며) 이봐요, 로먼 씨…….

윌리 (눈에다 손을 얹으며) 커피를 좀 마셔야겠어요. 커피를 좀…….

(윌리, 나가려고 하자 하워드가 저지한다.)

하워드 (코드를 감으며) 로먼 씨, 잠깐만…….

윌리 보스턴에 가겠습니다.

하워드 로먼 씨, 더 이상 보스턴에 안 가도 됩니다.

윌리 아니, 왜요?

하워드 더 이상 우리 회사를 위해 일하지 않으셔도 됩니다. 오랫동안 이 말을 하려고 별러 왔어요.

윌리 사장님, 지금 저를 해고하는 겁니까?

하워드 로먼 씨에게는 길고 오랜 휴가가 필요할 것 같아요.

윌리   하워드 사장님…….

하워드   컨디션이 나아지면 돌아오세요. 그러면 그때 무슨 자리가 있나 한번 알아보도록 하지요.

윌리   하지만 사장님, 저는 돈을 벌어야 합니다. 제게는 아무런 돈벌이도…….

하워드   아들이 있잖아요? 자식들이 도와주지 않나요?

윌리   높은 자리에 있지요.

하워드   거짓말로 체면 차릴 때가 아닙니다, 로먼 씨. 자식들에게 가서 이제 지쳤다고 말하세요. 다 큰 아들이 둘이나 있지요?

윌리   아, 물론, 물론 그런데요, 그렇지만 당분간은…….

하워드   그러면 된 것 아닌가요, 그렇죠?

윌리   좋아요, 내일 보스턴에 가지요.

하워드   아니, 안 돼요.

윌리   아이들에게 손을 벌릴 수는 없어요. 저는 허수아비가 아니라고요!

하워드   이봐요, 로먼 씨, 내가 아침에 일이 좀 많거든요.

윌리   (하워드의 팔을 붙잡으며) 사장님, 저를 보스턴에 보내 주세요!

하워드   (냉정하게 자신을 제어하며 딱딱하게) 오늘 아침 만나야 할 사람들이 줄을 서 있어요. 앉아서 오 분간 쉬고 기운 차려서 집으로 돌아가세요. 아시겠죠? 이 사무실을 써야 하니까요. (가려다가 녹음기를 기억해 내고는 돌아서서 녹음기가 놓인 책상을 밀고 간다.) 아 참, 그리고 말이죠. 이번 주 중에 아무 때나 샘플들을 가져다주세요. 로먼 씨, 나중에 컨디션이 좋아지면 돌아와서 이야기합시다. 기운 내시고요, 밖에 사람들이 있으니 이만.

(하워드, 책상을 왼쪽으로 밀고 가면서 퇴장. 윌리는 기진맥진하여 빈 공간을 응시한다. 벤의 테마 음악 들린다. 처음에는 멀리서, 이윽고 점점 가까워진다. 윌리가 말하는 동안 벤이 오른쪽에서 등장. 벤은 여행 가방과 우산을 들고 있다.)

윌리   아, 형님, 어떻게 지내셨어요? 답이 뭔가요? 알래스카 일은 이미 끝났나요?

벤   자기 상황을 파악한다면 답 찾는 것은 금방이야. 잠깐 사업 여행차 왔지. 한 시간 뒤에 배를 타야 해. 작별 인사 하려고.

윌리   형님, 이야기 좀 해요.

벤   (시계를 보며) 시간이 없어, 윌리엄.

윌리   (무대 앞 튀어나온 곳을 지나 벤에게 가며) 형님, 아무 것도 되는 일이 없어요. 무엇을 해야 할지 모르겠어요.

벤   이봐, 윌리엄, 알래스카에 삼림지를 샀는데 그걸 돌봐줄 사람이 필요해.

윌리   와, 삼림지라! 우리 아이들과 나는 그런 야외 생활이 딱인데!

벤   문만 열면 새로운 대륙이 펼쳐져 있어, 윌리엄. 도시를 빠져나와. 도시는 온통 말재간과 시간당 수당과 법률 용어뿐이지. 거기 가면 주먹 단단히 틀어쥐고 싸워서 한 재산 챙길 수 있어.

월리   그럼요, 그럼요! 여보, 여보!

(린다가 예전 모습 그대로 빨랫감을 들고 등장한다.)

린다   아, 돌아오셨어요?

벤   시간이 별로 없어.

월리   아니, 잠깐만요! 여보, 형님이 알래스카에 내가 일할
       만한 자리를 마련해 놓으셨대.

린다   하지만 당신은……. (벤에게) 월리는 여기에 근사한
       일자리가 있답니다.

월리   하지만 알래스카라면 나는…….

린다   여보, 당신은 여기서 충분히 잘하고 있어요!

벤   (린다에게) 충분히 무엇을 잘하고 있나요, 제수씨?

린다   (벤에게 압도당하는 동시에 화가 나서) 이이에게 그런
       얘기 하지 마세요. 바로 지금 여기에서 충분히 행
       복하게 잘 살고 있다고요. (벤이 소리 내어 웃는 동안
       월리에게) 왜 모든 사람들이 세상을 정복해야 하는
       거지요? 다른 이들이 당신을 좋아하고 아이들은 당
       신을 사랑하고, 그러니 언젠가는……. (벤에게) 예전에
       회장님이 말씀하시길, 이이가 이런 식으로 잘해 나
       가면 언젠가는 회사 임원이 될 거라고 하셨어요. 그
       랬지요, 여보?

월리   그럼, 그럼. 제가 이 회사의 기반을 설립하는 중이죠,
       형님. 기반을 다지는 사람을 제대로 대접해 줘야 하는

것 아니겠어요?

벤   뭘 설립하는 중인데? 손가락으로 짚어서 구체적으로
       얘기해 봐. 그게 어디 있는데?

윌리   (망설이며) 그래, 맞아. 여보, 아무것도 없어.

린다   왜요? (벤에게) 여든넷 먹은 양반이 있는데…….

윌리   맞아요, 형님, 맞아요. 그 노인네를 보면 대체 걱정할
       게 뭐 있나 하는 생각이 든다니까요!

벤   흥!

윌리   정말이에요, 형님. 그 노인네가 하는 일이라고는 아무
       도시에나 들어가서 수화기를 들고 전화하는 것뿐인데
       그걸로 먹고산다니까요. 왠 줄 아세요?

벤   (여행 가방을 집어 들며) 가야겠어.

윌리   (벤을 붙잡으며) 우리 애 좀 봐 주세요!

(고등학교 운동복을 입은 비프가 여행 가방을 들고 들어온다. 해피
는 비프의 어깨 보호대와 황금색 헬멧과 미식축구 바지를 들고
따라온다.)

윌리   유명한 대학 세 곳에서 비프더러 돈 한 푼 들일 것
       없이 들어오기만 해 달라고 굽실거려요. 그런 대학만
       들어가면 그다음부터는 못할 게 없죠. 그런 동네는
       무엇을 하느냐가 아니라 누구를 아느냐, 얼굴에
       미소를 짓느냐 아니냐가 중요한 곳이죠. 형님, 인적
       네트워크가 최고라니까요! 인맥이요! 코모도 호텔에
       가면 점심 식탁에서 알래스카 경제 전체가 왔다 갔다

하지요. 사람들 마음에 들기만 하면 다이아몬드를 벌어들일 수 있는 곳이 여기라니까요. 이 나라의 놀라운 점이죠! (비프를 보며) 그러니 오늘 경기장에 나가는 게 중요한 거야. 수천 명이 너를 주목하고 사랑하게 될 테니까 말이야. (다시 떠날 채비를 하는 벤에게) 그리고 형님! 우리 애가 사무실에 들어서면 그 이름이 종소리처럼 울려 퍼지고 모든 문이 그 애를 향해 열릴 거라고요! 형님, 전 그걸 봤어요, 수천 번도 넘게 봤다고요! 그런 건 나무토막처럼 손으로 직접 만질 수는 없어도, 분명히 있어요!

벤　잘 있어라, 윌리엄.

윌리　형님, 제가 맞죠? 제가 맞다고 생각하지 않아요? 형님의 충고가 제겐 중요해요.

벤　네 문 앞에 새로운 대륙이 펼쳐져 있어, 윌리엄. 걸어나가면 부자가 되는 거야. 부자! (사라진다.)

윌리　형님, 우리는 여기서 해낼 거예요! 들려요? 우리는 여기서 해낼 거라고요!

(어린 버나드가 달려 들어온다. 소년들의 명랑한 음악 소리 들린다.)

버나드　아유, 이런, 벌써 떠나신 게 아닌가 걱정했네!

윌리　왜? 몇 시인데?

버나드　1시 30분이에요!

윌리　자, 들어와, 모두들! 다음 정거장은 에버트 구장이다!

삼각 깃발은 어디 있지? (부엌의 가상 벽을 통과하여 거실로 나간다.)

린다   (비프에게) 깨끗한 속옷은 챙겼니?

비프   (준비 운동을 하고 있다가) 갑시다!

버나드   비프 형, 내가 형 헬멧 들고 가는 거지?

해피   아냐, 내가 헬멧을 들고 가는 거야.

버나드   에이, 형, 나한테 약속해 놓고선.

해피   내가 헬멧 들고 갈 거야.

버나드   그럼 난 어떻게 로커 룸에 들어갈 수 있어?

린다   어깨 보호대를 들고 가게 하렴. (부엌에서 코트와 모자를 걸친다.)

버나드   그래도 돼, 형? 친구들에게 로커 룸 들어갈 거라고 자랑했단 말이야.

해피   에버트 구장에서는 클럽하우스라고 불러.

버나드   그래, 클럽하우스. 형!

해피   형!

비프   (잠시 후 위엄 있게) 어깨 보호대를 들게 해 줘.

해피   (버나드에게 어깨 보호대를 건네며) 우리에게 꼭 붙어서 따라와.

(윌리가 삼각 깃발을 들고 달려 들어온다.)

윌리   (깃발을 건네주며) 비프가 구장에 나오면 모두들 이걸 흔들어. (해피와 버나드가 달려 나간다.) 다 준비됐나, 아들?

(음악 소리 사라진다.)

비프   준비 끝이에요, 아빠. 응전 태세 완료.

윌리   (무대 앞 튀어나온 부분의 끝에서) 그게 무슨 뜻인지 알지?

비프   그럼요, 아빠.

윌리   (비프의 근육을 만져 보며) 오후에는 뉴욕 시 고등학교 챔피언 팀의 주장이 되어 돌아오는 거야.

비프   알았어요, 아빠. 기억해 두세요. 제가 헬멧을 벗으면 그때 터치다운은 아빠에게 바치는 거예요.

윌리   가자! (팔로 비프를 감싼 채 나가려 할 때 찰리가 예전 모습 그대로 반바지를 입고 등장) 찰리, 자네가 탈 공간은 없는데.

찰리   공간? 뭐 하는 공간?

윌리   자동차 공간 말이야.

찰리   차 타고 드라이브라도 가나? 한판 해서 돈 좀 딸까 했는데.

윌리   (분노하여) 한판! (믿을 수 없다는 듯) 자네 오늘이 무슨 날인지 모르나?

린다   아이, 찰리도 알아요, 여보. 그냥 농담하는 거예요.

윌리   농담할 일이 아니잖아.

찰리   아니, 린다, 무슨 일이 있어요?

린다   우리 아들이 에버트 구장에서 시합하는 날이에요.

찰리   이런 날씨에도 야구를 하나?

윌리   말을 말지! 자, 가자! (일행을 밀어낸다.)

찰리   잠깐만, 뉴스 못 들었어?

윌리   무슨 뉴스?

찰리   라디오도 안 듣나? 에버트 구장이 날아갔대!

윌리   이런 염병할! (찰리가 껄껄 웃는다. 일행을 밀어내며) 자, 가자고! 늦었어.

찰리   (가면서) 비프, 홈런을 날려! 홈런!

윌리   (마지막으로 나가면서 찰리를 보고) 찰리, 하나도 안 웃겨. 비프 일생에서 최고의 날이라고.

찰리   윌리, 자넨 언제나 어른이 되려나?

윌리   아, 그래? 이 경기가 끝나고 나면 찰리 자네는 완전히 기가 죽을걸. 비프는 레드 그레인지에 버금가는 최고의 미식축구 선수로 불리게 될 거야. 연봉만 25000달러는 될 거라고.

찰리   (놀리며) 어, 그래?

윌리   그래, 그렇다고.

찰리   아, 그렇다면 미안하네, 윌리. 그런데 물어볼 게 있어.

윌리   뭐?

찰리   레드 그레인지가 누군데?

윌리   거기 서. 빌어먹을, 거기 서라고!

(찰리가 킬킬 웃으며 머리를 흔들고 무대 왼쪽 구석으로 사라진다. 윌리가 그 뒤를 따라간다. 음악이 조롱하듯이 광란의 음조로 높아진다.)

윌리   자기가 세상 누구보다 더 잘난 인간인 줄 아나 보지? 개뿔도 모르는 주제에, 덩치만 크고 무식하고 멍청한⋯⋯. 야, 거기 서!

(조명이 앞 무대 오른편 찰리의 사무실에 있는 작은 접대용 탁자를 비춘다. 자동차 소리가 들린다. 젊은 버나드가 혼자 앉아 휘파람을 불고 있다. 테니스 라켓 두 개와 작은 여행 가방이 그 옆 바닥에 놓여 있다.)

윌리　(무대 뒤에서) 왜 도망가? 도망은 왜 가냐고! 말을 하려면 내 얼굴 보고 하시지! 내 등 뒤에서 나를 비웃는 것쯤은 다 알고 있어. 이 경기가 끝나면 완전히 기가 죽을걸. 터치다운! 터치다운! 80000명 앞에서 말이야! 골대 한가운데를 꿰뚫는 터치다운!

(버나드는 조용하고 진실하며 자신만만한 젊은이다. 윌리의 목소리가 무대 앞 오른쪽에서 들려온다. 버나드가 탁자에서 두 발을 내리고 듣는다. 찰리의 비서인 제니가 들어온다.)

제니　(짜증스럽게) 저기요, 버나드 씨, 복도에 좀 나가 보시겠어요?
버나드　무슨 소리지? 누구예요?
제니　로먼 씨예요. 방금 엘리베이터에서 내렸어요.
버나드　(일어나며) 누구랑 싸우고 있는 건가요?
제니　아니에요. 아무도 없어요. 도저히 더 이상 상대할 수가 없어요. 사장님은 로먼 씨가 오기만 하면 기분이

아주 안 좋아지세요. 타이핑할 것도 많은데, 사장님 결재도 받아야 하고. 한번 나가 보시겠어요?

월리 (들어오며) 터치다운! 터치……. (제니를 본다.) 제니, 제니, 오랜만이야. 잘 지내? 작업 중? 아니면 여전히 외로운 밤?

제니 잘 지내요. 별일 없으세요?

월리 별 볼일이 별로 없군. 하하! (라켓을 보고 놀란다.)

버나드 안녕하세요, 월리 아저씨.

월리 (충격받은 듯) 버나드! 이야, 이게 누구야! (켕기는 듯 버나드에게 잽싸게 다가가 따뜻하게 악수한다.)

버나드 잘 지내셨어요? 오랜만입니다.

월리 아니, 여긴 웬일이야?

버나드 아, 아버지 뵈러 잠시 들렀어요. 다음 기차 탈 때까지 잠시 쉬었다 가려고요. 곧 워싱턴에 가거든요.

월리 안에 계신가?

버나드 예, 사무실에서 회계사와 업무 보시는 중입니다. 앉으세요.

월리 (앉으며) 워싱턴에는 무슨 볼일이?

버나드 아, 소송건이 하나 있습니다.

월리 그래? (라켓을 가리키며) 테니스도 치고?

버나드 친구네 집에 테니스 코트가 있어서요.

월리 대단하군. 전용 테니스 코트가 있다니. 대단한 사람들이겠군.

버나드 예, 아주 좋은 사람들이에요. 비프 형이 왔다고 아버지가 말씀하시던데.

윌리 (만면에 미소) 음, 비프가 와 있어. 아주 큰 거래를 성사시키려는 중이란다.

버나드 무슨 사업을 하고 있나요?

윌리 응, 서부에서 굉장히 큰 사업을 하고 있어. 그런데 여기 돌아와서 사업을 시작하려고 한단다. 아주 큰 사업. 오늘 저녁을 같이 먹기로 했어. 결혼해서 아들이 있다며?

버나드 예. 둘째 아들이 생겼어요.

윌리 아들이 둘이나! 대단하구나!

버나드 비프 형은 어떤 종류의 사업을 하는 건가요?

윌리 응, 빌 올리버라고 굉장히 큰 스포츠 용품 회사 사장이 있는데 비프가 같이 일해 주길 고대하고 있어. 서부에서부터 불러들였지. 장거리 전화에 백지 위임장까지 보내 특별히 모셔 온 거지. 네 친구들은 개인 테니스 코트를 가지고 있나 보지?

버나드 아저씬 여전히 옛날 그 회사에서 일하시고요?

윌리 (잠시 후) 나는, 난 네가 성공한 모습을 보니 너무너무 기쁘다, 버나드. 너무 기뻐. 뿌듯한 일이지. 젊은이가 이렇게, 이렇게, 비프도 잘될 거야. 아주……. (말을 잇지 못한다. 그리고 나서) 버나드……. (감정이 너무 격해져서 다시 말을 잇지 못한다.)

버나드 예, 윌리 아저씨?

윌리 (조그맣고 초라하게) 비결이…… 비결이 뭐냐?

버나드 무슨 비결이요?

윌리 넌…… 넌 어떻게 한 거냐? 왜 걔는 영영 못 따라오지?

버나드 저야 알 수 없지요, 윌리 아저씨.

윌리 (은밀하게, 절망적으로) 너는 그 애가 어렸을 때부터 잘 알고 지냈지 않니. 내가 알 수 없는 게 있어. 에버트 구장 경기 이후 개 인생은 끝나 버린 것 같아. 열일곱 살 이후로 좋은 일이라고는 아무것도 없어.

버나드 어떤 것에 대해서도 훈련을 쌓지 않았어요.

윌리 아냐, 훈련했어, 했다고. 고등학교를 나와서 방송 통신 수업도 엄청 들었어. 라디오 기술, 텔레비전 등등 수도 없는데, 무엇 하나 신통한 것이 없었지.

버나드 (안경을 벗으며) 아저씨, 솔직하게 말씀드려도 돼요?

윌리 (일어서서 버나드를 똑바로 바라본다.) 버나드, 자네는 아주 총명한 젊은이일세. 자네의 충고는 아주 소중해.

버나드 아, 충고 같은 건 아니에요, 윌리 아저씨. 제가 어떻게 아저씨에게 충고를 하겠어요. 그런데 아저씨에게 항상 여쭤 보고 싶은 게 하나 있었어요. 졸업을 앞둔 비프 형에게 수학 선생님이 F를 주셨는데요…….

윌리 아, 그 개 같은 자식이 우리 아이 인생을 망쳤지.

버나드 예. 그런데 윌리 아저씨, 형은 그냥 계절 수업 들으면서 그 과목 학점을 채우면 되는 것이었어요.

윌리 맞아, 맞아.

버나드 계절 수업 듣지 말라고 하셨나요, 혹시?

윌리 내가? 제발 좀 들으라고 했지. 가서 들으라고 소리 질렀지!

버나드 그런데 왜 안 들었을까요?

윌리 왜냐고? 왜냐고! 그 질문은 지난 십오 년 동안 마치 유령처럼 나를 따라다니며 괴롭힌 문제란다. 그 과목에 낙제한 후로 비프는 마치 망치로 두들겨 맞은 것처럼 뻗어서 그대로 죽어 버렸어!

버나드　진정하세요, 아저씨.

윌리　내 말 좀 들어 봐. 아무도 내 얘기를 들어 주지 않아. 버나드, 버나드, 그게 내 잘못이냐? 알지? 그게 내 머릿속을 맴돌고 다녀. 어쩌면 내가 걔한테 뭔가 잘못했는지도 몰라. 난 그 아이에게 줄 게 아무것도 없어.

버나드　너무 자책하지 마세요.

윌리　왜 뻗어 버렸을까? 무슨 일이 있었던 걸까? 너는 그 아이 친구였잖아!

버나드　윌리 아저씨, 아직도 기억하는데요, 그때 6월에 우리 성적이 나왔어요. 그리고 비프 형은 수학에서 낙제였죠.

윌리　그 개 같은 자식.

버나드　예, 잘못 돌아가고 있었죠. 형은 굉장히 화가 났지만 곧 계절 수업에 등록하려 했어요.

윌리　(놀라서) 그랬어?

버나드　그 일로는 전혀 기가 꺾이지 않았어요. 그런데 그 이후 비프 형은 거의 한 달 동안 종적이 묘연했어요. 그래서 저는 형이 아저씨를 만나러 뉴잉글랜드로 갔나 보다 생각했어요. 그때 비프 형이 아저씨와 그런 얘기를 하지 않았나요?

(윌리가 말을 잃고 멍하니 바라본다.)

버나드   아저씨?

윌리   (적의가 가득한 목소리로) 그래, 보스턴에 왔어. 그게
         어쨌단 말이냐?

버나드   저, 비프 형이 다시 돌아왔을 때, 그 일은 못 잊을
         거예요. 언제나 의문이었으니까요. 비록 형이 늘
         저를 이용하곤 했지만 저는 형을 정말 좋아했거든요.
         저는 형을 정말로 좋아했어요, 아시죠? 6월이 지나고
         형이 돌아왔는데 운동화를 꺼내더라고요. '버지니아
         대학'이라고 찍힌 운동화 기억하시죠? 형은 그 운
         동화를 무척 자랑스러워해서 매일 신고 다녔죠. 그
         걸 지하실 난로에 넣고 태워 버리더라고요. 우린
         주먹다짐을 했죠. 거의 삼십 분도 넘게 싸웠나 봐요.
         둘이서 지하실에서 주먹을 주고받으며 싸우는 내내
         울었죠. 그때 형이 자포자기했다는 걸 알게 되었는데,
         참 이상하다는 생각이 종종 들었어요. 아저씨, 보스
         턴에서 무슨 일이 있었던 건가요?

(윌리, 버나드를 마치 침입자라도 되는 것처럼 바라본다.)

버나드   아저씨가 물어보시기에 얘기했을 뿐이에요.

윌리   (화가 나서) 아무 일도 없었어. 무슨 일이 있었냐고?
         그게 대체 무슨 상관이란 말이냐?

버나드   역정 내지 마세요.

윌리   나를 비난하겠다는 거냐 뭐냐? 애가 자포자기했다고
        그게 내 책임이냐?

버나드   저기, 아저씨, 그런 게 아니라…….

윌리   그럼 그렇게 말하지 마라! 무슨 일이 있었냐고? 무슨
        뜻이냐?

(찰리 등장. 조끼 차림에다 버번 한 병을 들고 있다.)

찰리   어이, 기차 놓치겠어. (술병을 흔들어 보인다.)

버나드   예, 갈게요. (술병을 받는다.) 고마워요, 아버지. (라켓과
        가방을 집어 들고) 안녕히 계세요, 윌리 아저씨. 그리고
        너무 걱정하지 마세요. 이런 말도 있잖아요. "처음에
        는 성공하지 못하더라도 계속 또 계속하면……."

윌리   그래, 나도 그걸 믿는다.

버나드   하지만 아저씨, 어떤 때는 그냥 벗어나 버리는 것이
        더 나을 때도 있어요.

윌리   그냥 벗어나 버려?

버나드   그렇죠.

윌리   그냥 벗어나 버리지 못한다면?

버나드   (잠시 침묵) 그럴 때 어려워지는 거죠. (손을 내밀며)
        안녕히 계세요, 아저씨.

윌리   (버나드의 손을 흔들며) 잘 가거라.

찰리   (버나드의 어깨에 팔을 두르며) 이 녀석 어떤가? 최고 법
        정에서 사건 변론을 맡았다네.

버나드   (항의조로) 아버지!

윌리   (정말로 경악해서, 마음이 아프면서도 흐뭇하게) 정말인가! 최고 법정!

버나드   늦었어요. 안녕히, 아버지!

찰리   죄다 케이오시켜 버려, 버나드!

(버나드 사라진다.)

윌리   (찰리가 지갑을 꺼내는 동안) 최고 법정! 그런데 그 얘기는 꺼내지도 않더군!

찰리   (탁자 위의 돈을 세면서) 떠벌릴 필요가 있나. 그냥 하는 거지.

윌리   그런데 자네는 아이에게 뭘 하라고 얘기한 적이 한 번도 없나? 아이에게 도통 관심을 두지 않았잖나.

찰리   아무것도 관심을 기울이지 않는 게 내가 사는 방식이지. 여기, 50달러가 있네. 안에 회계사가 기다리고 있어서 이만.

윌리   찰리, 저기⋯⋯. (어렵게 말을 꺼낸다.) 밀린 보험료가 있거든. 혹시 가능하면⋯⋯ 내가 110달러쯤 필요해서 말이지.

(찰리, 들어가려다 멈춘 채 잠시 대답하지 않는다.)

윌리   은행에서 꺼내면 되는데 린다가 알아챌 테고⋯⋯. 그래서⋯⋯.

찰리   윌리, 여기 좀 앉게.

월리 (의자 쪽으로 움직이며) 전부 다 적어 놨어. 한 푼도 남김없이 다 갚겠네. (앉는다.)

찰리 월리, 내 말 좀 들어 봐.

월리 내가 자네에게 얼마나 감사하는지…….

찰리 (탁자에 걸터앉으며) 월리, 자네 뭐 하고 있는 건가? 대체 머릿속으로 무슨 생각을 하는 거야?

월리 뭐? 난 그저…….

찰리 내가 자네에게 일자리를 줬잖나. 일주일에 50달러를 벌 수 있어. 그리고 외근을 안 해도 돼.

월리 난 직장이 있어.

찰리 봉급도 없는 직장? 무슨 놈의 직장이 봉급도 없어? (일어선다.) 이봐, 할 만큼 했어. 난 머리가 좋은 놈은 아니어도 모욕당하는 것쯤은 알아.

월리 모욕당한다고!

찰리 왜 내 밑에 들어와서 일하지 않나?

월리 무슨 소리야? 나는 직장이 있다고.

찰리 그럼 왜 매주 여기 오는 건데?

월리 (일어서며) 음, 내가 여기 오는 게 싫다면…….

찰리 자네에게 일자리를 제안하는 거야.

월리 나는 자네의 빌어먹을 일자리 따위 필요 없어!

찰리 자넨 도대체 언제쯤 어른이 되려고 그러나?

월리 (분노하여) 야, 이 무식한 놈아, 한 번만 더 그런 소리 하면 한 대 얻어맞을 줄 알아! 네 덩치가 아무리 커도 상관없어! (싸울 태세를 취한다.)

(침묵)

찰리　(다정하게 월리에게 다가가) 월리, 얼마나 필요한 거야?

월리　찰리, 난 진퇴양난이야. 진퇴양난이라고. 어떻게 해야 좋을지 모르겠어. 나 잘렸어.

찰리　하워드가 자넬 잘랐어?

월리　그 건방진 자식. 생각해 봐. 내가 그 자식 이름을 지어 줬어. 내가 하워드라는 이름을 붙여 줬다고.

찰리　월리, 언제쯤에나 그런 것들이 아무 소용도 없다는 것을 깨닫겠나? 자네가 하워드라는 이름을 지어 줬지만 그런 건 어디 팔아먹지도 못하는 거야. 이 세상에서 중요한 건 팔아먹을 수 있는 것들이야. 명색이 세일즈맨이면서 그런 것을 깨닫지 못하다니, 우스운 일이로군.

월리　난 언제나 그 반대로 생각하려고 했던 것 같아. 인상이 좋고 인기가 있다면 뭐든지…….

찰리　왜 모든 사람들이 자네를 좋아해야 하는 건데? J. P. 모건 같은 인간을 좋아한 사람이 누가 있어? 그 인간 인상이 좋았어? 사우나에서는 꼭 백정처럼 보이는 작자였지. 그렇지만 주머니가 두둑하니까 모두들 좋아할밖에. 이봐 월리, 자네가 날 좋아하지 않는 거 알아. 나 또한 자네를 좋아한다고는 말할 수 없지. 그러나 일자리를 줄 테니……. 왜냐하면……. 빌어먹을, 이유 따윈 집어치우고. 어떻게 생각하나?

월리　나는…… 나는 찰리 자네 밑에서 일할 수 없어.

찰리　자네 나를 시샘하는 건가?

월리　자네 밑에서 일할 수 없어. 그것뿐이야. 왜냐고 묻지는
　　　말게.

찰리　(화가 나서 지폐를 더 꺼내며) 일평생 나를 시샘하는군,
　　　에이, 빌어먹을 인간아! 자, 이걸로 보험료나 내. (월리
　　　의 손에 돈을 쥐여 준다.)

월리　빠짐없이 다 적어 두겠네.

찰리　할 일이 남아 있어. 살펴 가게. 보험료 내고.

월리　(오른쪽으로 가며) 우습지 않아? 고속도로 여행, 기차
　　　여행, 수많은 약속, 오랜 세월, 그런 것들 다 거쳐서
　　　결국엔 사는 것보다 죽는 게 더 가치 있는 인생이
　　　되었으니 말이야.

찰리　월리, 어느 누구에게도 죽는 게 더 나은 경우는 없네.
　　　(잠시 뒤) 내 말 듣고 있어?

(월리, 멍청히 서서 백일몽에 사로잡힌다.)

찰리　월리!

월리　다음에 버나드를 보면 나 대신 사과해 주게. 그 애와
　　　싸우려던 건 아니었어. 좋은 청년이야. 우리 아이들은
　　　모두 좋은 청년들이야. 다들 결국엔 훌륭하게 될 거
　　　야. 언젠간 다 같이 테니스를 치겠지. 행운을 빌어 줘,
　　　찰리. 비프가 오늘 올리버 사장을 만났다네.

찰리　행운을 비네.

월리　(눈물을 쏟을 것처럼) 찰리, 자넨 내 유일한 친구야. 얼

마나 다행인지! (나간다.)

찰리   이런, 젠장!

(찰리, 잠시 윌리를 응시하다가 따라 나간다. 암전. 갑자기 소란스러운 음악이 들리고 막 오른쪽 뒤로 붉은 조명이 솟아오른다. 젊은 웨이터 스탠리가 탁자를 들고 나타난다. 해피가 의자 두 개를 들고 그 뒤를 따른다.)

스탠리   (탁자를 내려놓으며) 됐어요, 로먼 씨. 제가 할 수 있어요.(돌아서서 해피에게 의자를 받아 탁자 옆에 정돈한다.)

해피   (주변을 둘러보며) 아, 훨씬 나은데.

스탠리   그럼요, 저기 앞쪽은 너무 시끄러워요. 모임이 있으면 언제든지 알려 주세요, 로먼 씨. 그럼 제가 여기로 모실 테니까요. 조용한 걸 좋아하지 않는 사람들도 많거든요. 외식하러 나왔으니 떠들썩한 게 좋지 않냐이거죠. 집에서 혼자 지내는 게 지긋지긋하니까요. 하지만 로먼 씨는 촌 동네에서 오신 분이 아니잖아요? 그렇죠?

해피   (앉으며) 그래 잘 지냈나, 스탠리?

스탠리   뭐, 개 같은 인생이죠. 전쟁 때 징집이라도 됐으면 좋았을걸 싶죠. 그럼 지금쯤 죽어 있을 거 아니냐고요.

해피   형이 돌아왔어, 스탠리.

스탠리   와, 정말요? 저기 멀리 서부에서?

해피   그래, 형은 큰 목장을 하고 있거든. 잘 대접해 드려.

우리 아버지도 오셔.

스탠리 와, 아버지까지도!

해피 바닷가재 좋은 놈 있어?

스탠리 팔딱팔딱 살아 숨 쉬는 큰 게 있습죠.

해피 집게 제대로 달린 놈으로 줘.

스탠리 그럼요, 쥐새끼를 드리진 않습죠. (해피가 웃는다.)
와인은 어떨까요? 식전 건배가 있어야죠.

해피 아냐. 내가 해외에서 가져다준 코스 요리법 갖고
있지? 샴페인도 포함된?

스탠리 아, 그럼요. 부엌에다 제대로 붙여 놨죠. 그런데 일인
당 1달러씩 추가입니다만.

해피 괜찮아.

스탠리 뭡니까, 로또라도 맞은 거예요?

해피 아냐, 가족 파티 하는 거야. 형이 오늘 큰 거래를 성사
시켰어. 형제가 같이 사업을 해 볼까 해.

스탠리 멋지네요! 그게 제일 좋죠. 가족끼리 사업하는 거,
그게 제일 좋은 거 아닙니까?

해피 내 생각도 그래.

스탠리 무슨 상관이냐고요. 누가 돈을 훔쳤다? 그래도 한
식구가 쓰는 거죠. 그런 거 아닙니까? (낮은 목소리로)
저기 저 바텐더 자식 있잖아요. 저 자식이 계산대에서
빼 가는 것 때문에 주인이 환장한다는 거 아닙니까.
돈을 넣었는데 나오질 않으니.

해피 (머리를 들며) 쉿!

스탠리 예?

해피   내가 오른쪽도 왼쪽도 안 보고 있었던 거 알지?

스탠리   예.

해피   그리고 눈도 감고 있었지.

스탠리   그런데요……?

해피   화끈한 게 온다.

스탠리   (알아채고 둘러본다.) 아뇨, 아무 데도…….

(털 코트에 화려한 옷차림을 한 아가씨가 들어와 옆 테이블에 앉자 스탠리는 하던 말을 멈춘다. 둘 다 눈으로 아가씨를 좇는다.)

스탠리   이야, 어떻게 아셨어요?

해피   나한테 안테나 같은 게 있어. (여자의 옆모습을 똑바로 보며) 오오, 스탠리.

스탠리   딱 로먼 씨 취향이네요.

해피   저 입 좀 봐. 와. 그리고 저 눈도.

스탠리   와, 로먼 씨, 즐거운 인생입니다.

해피   주문받아 드려.

스탠리   (아가씨의 탁자로 가서) 주문하시겠습니까?

아가씨   누굴 기다리는 중인데요, 저기…….

해피   이런, 숙녀분에게……. 실례합니다, 아가씨. 잠시 괜찮으시겠습니까? 저는 샴페인 회사에 있는데 우리 브랜드를 한번 맛보십사 하고요. 샴페인 좀 드리지, 스탠리.

아가씨   정말 감사해요.

해피   천만의 말씀. 회사 돈인걸요. (소리 내 웃는다.)

아가씨   사업하기엔 좋은 상품 같아요, 그렇죠?

해피   아, 뭐든 다 똑같습니다. 장사는 장사니까요.

아가씨   그런가요.

해피   혹시 판매업종?

아가씨   아뇨, 판매업은 아니에요.

해피   낯선 남자가 칭찬 한마디 해도 되겠습니까? 잡지 표지 모델 같으세요.

아가씨   (약간 장난스럽게 바라보며) 해 봤죠.

(스탠리가 샴페인 한 잔을 받쳐 들고 들어온다.)

해피   스탠리, 내가 그랬지? 봐, 표지 모델 하신대.

스탠리   오, 당연해요, 당연해.

해피   (아가씨에게) 무슨 잡지에서요?

아가씨   아, 여기저기 많아요. (잔을 받는다.) 감사해요.

해피   프랑스에서 뭐라고 하는지 아세요? '샴페인은 혈색을 좋게 한다.' 어이, 형!

(비프가 들어와 해피 옆에 앉는다.)

비프   별일 없었지? 늦어서 미안해.

해피   지금 막 왔어. 어, 미스……?

아가씨   포사이드.

해피   포사이드 양, 이쪽은 제 형이랍니다.

비프   아버진 오셨어?

해피   비프라고 해요. 들어 보셨을걸요. 유명한 미식축구
          선수예요.

아가씨   정말요? 어느 팀이요?

해피   미식축구 잘 아세요?

아가씨   아뇨, 실은 잘 몰라요.

해피   형은 뉴욕 자이언트 팀의 쿼터백이에요.

아가씨   어머나, 그것 참 멋지네요! (마신다.)

해피   당신의 건강을 위해!

아가씨   만나서 해피하네요.

해피   그게 내 이름이죠. 해피. 원래는 해럴드인데 웨스트
          포인트에서는 모두들 나를 해피라고 불렀어요.

아가씨   (이제 정말 감동해서) 어머나, 그렇군요. 안녕하세요?
          (얼굴을 옆으로 돌린다.)

비프   아버지는 안 오셔?

해피   저 애 갖고 싶지?

비프   아, 난 싫어.

해피   예전엔 안 그랬잖아. 그 시절의 자신감은 어디로 간
          거야, 형?

비프   난 올리버 사장을 만나서······.

해피   잠깐만. 예전의 그 자신감을 끄집어내 줘야겠어. 저
          애 갖고 싶지? 대기 상태야.

비프   아니, 아니야. (고개를 돌려 아가씨를 본다.)

해피   그렇다니까. 잘 봐. (아가씨 쪽으로 몸을 돌려) 자기? (아
          가씨가 돌아본다.) 시간 있어요?

아가씨   약속은 있는데요······. 전화하면 돼요.

해피   전화해서 취소하면 좋겠네. 그리고 다른 친구도 있으
        면 데려와요. 우린 여기 한참 있을 거거든. 비프 형은
        미국에서 제일 유명한 미식축구 선수예요.

아가씨   (일어나며) 네, 만나서 정말 반가워요.

해피   빨리 돌아와요.

아가씨   그래 볼게요.

해피   그래 보지 말고, 그렇게 해요.

(아가씨 퇴장. 스탠리가 어리둥절해하는 한편 감탄하며 머리를
저으면서 따라간다.)

해피   그러면 안 되는 거잖아? 아니, 저렇게 예쁜 애를 가
        만둬? 이래서 내가 결혼을 못해. 1000명 중 하나 볼
        까 말까 한 것도 아냐. 뉴욕에는 저런 애들이 넘쳐 난
        다고, 형!

비프   저기, 해피······.

해피   내가 저 여자애 대기 상태라 그랬지!

비프   (이상할 정도로 무기력하게) 그만해 둬. 네게 할 얘기가
        있어.

해피   올리버 사장은 만났어?

비프   만났어. 이봐, 아버지에게 몇 가지 말씀드릴 게 있는데
        네가 좀 도와줘야겠어.

해피   뭔데? 후원해 주겠대?

비프   미쳤냐? 너 정신이 나간 거 아냐?

해피   왜? 무슨 일인데?

비프　(숨 가쁘게) 해피, 나 오늘 너무 이상한 짓을 저질렀어. 내 인생에서 가장 기묘한 하루였어. 온통 멍멍해.

해피　형을 안 만나겠대?

비프　난 말이야, 사장을 만나려고 여섯 시간이나 기다렸어. 하루 종일이지. 계속 내 이름을 명단에 올렸어. 심지어는 비서에게 수작을 걸어서라도 들어가 보려 했는데, 안 통하더군.

해피　그건 형이 예전의 자신감을 잃어버려서야. 사장이 형을 기억하긴 하지?

비프　(몸짓으로 해피의 말을 막으며) 마침내 5시가 되어 사장이 나왔어. 날 전혀 몰라보더군. 내가 너무 얼간이처럼 느껴졌어, 해피.

해피　내가 플로리다에서 구상한 아이디어 얘기는 했어?

비프　그냥 나가 버렸어. 딱 일 분 봤어. 너무 화가 나서 건물이라도 폭파해 버리고 싶었어! 내가 올리버 밑에서 세일즈맨이었다는 생각은 대체 어디서 나온 거야? 나조차도 내가 그 밑에서 세일즈를 했다고 믿었으니! 사장이 나를 힐끗 보았는데, 그때 난 깨달았어. 내 인생 전체가 얼마나 말도 안 되는 거짓말 덩어리였는지! 우리는 지난 십오 년 동안 꿈을 꾸고 있었어. 나는 물품 배송 직원이었어.

해피　그래서 어떻게 했어?

비프　(아주 불안하고 미심쩍게) 어쨌거나 사장은 떠났어. 그리고 비서도 나갔지. 나는 대기실에 혼자 남았어. 무슨 생각이 들었는지 모르겠어, 해피. 그다음 순간

나는 사장실에 있었는데, 벽 장식을 따로 해서 근사하더군. 왜 그랬는지 난……. 해피, 난 사장의 만년필을 훔쳤어.

해피   아이고, 맙소사. 들켰어?

비프   도망쳐 나왔어. 11층에서 한달음에 달려 내려왔어. 달리고 달리고 또 달렸지.

해피   엄청나게 멍청한 짓을 했군. 왜 그랬어?

비프   (괴로워하며) 몰라, 난 그냥…… 뭔가 훔치고 싶었어. 도와줘, 해피. 아버지에게 말씀드려야겠어.

해피   미쳤어? 무엇 때문에?

비프   해피, 아버지는 내가 그렇게 큰돈을 빌릴 만한 인간이 아니란 것을 아셔야 해. 아버진 내가 오랜 세월 동안 당신에게 분풀이나 하고 있다는 생각 때문에 더 상태가 나빠지고 있어.

해피   그래, 맞아. 그러니 아버지에게 좋은 얘기나 해 드려.

비프   그렇게 못해.

해피   사장과 내일 점심을 먹기로 했다고 말해.

비프   그럼 내일은 어쩌라고?

해피   내일 일단 나가서 밤에 들어와서는 사장이 심사숙고 중이라고 하면 되지. 한 두어 주 심사숙고한다고 하다가 슬그머니 넘어가도 아무도 피해 볼 건 없어.

비프   하지만 그 얘기는 평생 나올 거라고!

해피   아버진 뭔가 기대할 게 있을 때 가장 행복하시다고!

(윌리 등장)

해피   어서 오세요, 아버지!
윌리   거참, 여기 온 게 얼마 만인지!

(스탠리가 윌리를 따라 들어와 의자를 내어 준다. 나가려는 스탠
리를 해피가 불러 세운다.)

해피   스탠리!

(스탠리가 주문을 받기 위해 옆에 선다.)

비프   (죄책감을 가지고 윌리에게 가서 환자 대하듯이) 앉으세
        요, 아버지. 마실 것 좀 드릴까요?
윌리   응, 좋아.
비프   그럼 제대로 마셔 봅시다.
윌리   근심스러운 얼굴빛이구나.
비프   아, 아니에요. (스탠리에게) 스카치 줘. 더블로.
스탠리   더블, 알겠습니다. (나간다.)
윌리   벌써 두어 잔 한 거냐?
비프   예, 그냥 두어 잔 했어요.
윌리   그래, 어떻게 되었냐? (미소를 띠고 고개를 끄덕끄덕
        하며) 다 잘되었지?
비프   (숨을 들이쉬고 손을 뻗어 윌리의 손을 잡는다.) 아버지…….
        (용감하게 미소 짓자, 윌리도 따라 미소 짓는다.) 전 오늘
        큰 경험을 했어요.
해피   굉장한 경험이래요.

비프　(약간 술기운이 있어 공중에 뜬 느낌으로) 처음부터 끝까지 하나도 빠짐없이 말씀드릴게요. 정말 이상한 날이었어요. (침묵. 비프는 주변을 둘러보고 최대한 자신을 가다듬지만, 숨소리 때문에 말이 고르지 못하다.) 꽤 한참 기다려야 했어요, 그래서…….

윌리　올리버 사장을?

비프　예, 올리버 사장요. 사실대로 말씀드리면 하루 종일 기다린 셈이죠. 그리고 아주 많은 사실들을, 저 자신에 대한 사실들을 깨닫게 되었어요. 누가 그랬죠, 아버지? 대체 누가 제가 올리버 사장 밑에서 세일즈맨으로 일했다고 얘기한 거죠?

윌리　아니, 넌 세일즈맨이었잖아.

비프　아뇨, 아버지. 저는 물품 배송부 직원이었어요.

윌리　그렇지만 너는 실질적으로…….

비프　(단단히 결심하고) 아버지, 누가 그런 말을 처음 했는지 모르겠지만 저는 올리버 사장 밑에서 세일즈맨으로 일한 적이 없어요.

윌리　대체 무슨 소릴 하는 거냐?

비프　아버지, 오늘 밤에 사실을 직면해 보자고요. 허풍 떨어서 되는 건 하나도 없어요. 저는 물품 배송부 직원이었어요.

윌리　(화가 나서) 그래, 이제 내 말 좀 들어 봐…….

비프　제 말을 끝까지 들어 보세요.

윌리　나는 과거에 이랬느니 저랬느니 하는 데는 관심 없다. 숲이 불타고 있거든. 무슨 말인지 알아? 온 사방으로 산불이 번져 오고 있어. 난 오늘 해고되었다.

비프　(경악) 아니, 어떻게요?

월리　난 해고당했고, 뭔가 조그만 좋은 소식이라도 들고 들어가 너희 어머니에게 얘기해 주고 싶다. 너희 어머니는 내내 기다려 왔고 마음고생을 했으니까. 요지인즉 내 머릿속엔 더 이상 이야기할 만한 거리가 하나도 남아 있지 않다는 거야, 비프. 그러니 사실이니 뭐니 하는 말로 내게 설교하려 들지 마라. 나는 관심 없어. 자, 내게 무슨 얘기를 하려고 했더라?

(스탠리가 잔 세 개를 들고 들어온다. 스탠리가 나갈 때까지 모두 기다린다.)

월리　올리버 사장을 만났니?

비프　아버지, 제발!

월리　너 아예 올라가지도 않았다는 말이냐?

해피　물론 올라갔지요.

비프　올라갔어요. 사장을…… 봤어요. 어떻게 아버지를 해고할 수가 있어요?

월리　(의자 가장자리에 걸터앉아) 너를 어떻게 반기더냐?

비프　커미션만 받고 일하는 것도 못하게 했단 말예요?

월리　난 끝났어! (몰아치며) 말해 봐, 사장이 너를 따뜻하게 맞아 주더냐?

해피　그럼요, 아버지, 그럼요!

비프　(떠밀려서) 뭐, 그렇다고 볼 수도 있고…….

월리 너를 기억할까 궁금했지. (해피에게) 십 년, 십이 년씩
      이나 못 만났는데 그렇게 따뜻이 맞아 주다니, 생각해
      봐!

해피 대단한 거죠!

비프 (저항하려 하며) 아버지, 저기…….

월리 왜 너를 잘 기억하는 줄 아니? 네가 그 당시 아주 좋
      은 인상을 주었기 때문이야.

비프 우리 조용히 이야기하면서 사실에 집중해 봐요, 예?

월리 (마치 비프가 방해하기라도 한 것처럼) 그래, 무슨 일이
      있었어? 대단한 뉴스로구나, 비프. 같이 사장실로
      들어간 거냐, 아니면 대기실에서 얘기한 거냐?

비프 음, 사장이 와서 보고는…….

월리 (만면에 미소를 지으며) 뭐라고 말했는데? 두 팔 벌려
      너를 안아 주었을 것 같은데.

비프 뭐, 그렇다고 할 수도…….

월리 좋은 사람이야. (해피에게) 보기 드문 견실한 사람이지.

해피 (동의한다.) 아, 그럼요.

월리 (비프에게) 거기서 한잔한 거야?

비프 예, 제게 한두 잔 건네기도……. 아니, 아니에요!

해피 (자르고 들어오며) 사장에게 제 플로리다 구상을 얘기
      했대요.

월리 끼어들지 마. (비프에게) 플로리다 구상에 대해 뭐라고
      반응하더냐?

비프 아버지, 제가 이야기할 수 있게 일 분만 주시면 안 될
      까요?

월리 난 여기 앉은 순간부터 네가 이야기하길 기다리고 있
어! 어떻게 된 거야? 사장실로 데리고 가서 그다음
에는?

비프 저기…… 얘기를 했어요. 그리고…… 사장은 듣더라
고요.

월리 잘 듣는 사람으로 유명하지, 그 사장이. 대답은 뭐래?

비프 대답은……. (폭발하여 갑자기 화를 낸다.) 아버지,
아버지는 제가 하려는 얘기를 못하게 막고 계세요!

월리 (화가 나서 비난한다.) 너 사장을 못 만난 거지?

비프 봤다니까요!

월리 사장 앞에서 뭔가 무례한 짓을 한 거지? 네가 그런 거
지, 응?

비프 들어 봐요, 제발. 다 얘기할 테니까 가만히 좀 계시
라고요!

해피 이런 빌어먹을!

월리 무슨 일이 있었는지 얘기하라니까!

비프 (해피에게) 도저히 얘기가 안 돼!

(한 가닥 트럼펫 소리가 귀를 울린다. 초록색 나뭇잎 조명이 집을
뒤덮으며 밤의 몽환적인 느낌을 자아낸다. 어린 버나드가 들어와
집 문을 두드린다.)

어린 버나드 (미친 듯이) 아주머니! 아주머니!

해피 무슨 일이 있었는지 얘기해!

비프 (해피에게) 입 닥치고 날 가만 내버려 둬!

월리 　아니, 아니야! 넌 가서 수학 낙제할 차례야!

비프 　무슨 수학이요? 무슨 말씀이세요?

어린 버나드 　아주머니! 아주머니!

(린다가 예전 모습 그대로 집에 나타난다.)

월리 　(격하게) 수학, 수학, 수학!

비프 　아버지, 진정하세요!

어린 버나드 　아주머니!

월리 　(분노하여) 그때 낙제만 안 했어도 넌 지금쯤 성공했을 거야!

비프 　자, 아버지, 무슨 일이 있었는지 말씀드릴 테니 제 얘기를 좀 들어 주세요.

어린 버나드 　아주머니!

비프 　저는 여섯 시간이나 기다렸는데…….

해피 　형, 무슨 얘기를 하려고 그래?

비프 　계속 제 이름을 들여보냈는데 연락이 안 오더라고요. 그러더니 마침내 사장이……. (식당을 비추는 조명이 점점 어두워지며 이어지는 비프의 말이 들리지 않는다.)

어린 버나드 　비프 형이 수학에서 낙제했어요!

린다 　이런!

어린 버나드 　번봄 선생님이 F를 줬어요! 졸업 안 시킨대요.

린다 　시켜 줘야지. 대학에 가야 하잖니. 비프는 어디 있지? 비프, 비프!

어린 버나드 　없어요. 떠났어요. 그랜드센트럴 역으로 갔어요.

린다 그랜드……. 보스턴으로 갔단 말이구나!

어린 버나드 윌리 아저씨가 보스턴에 있나요?

린다 응, 아마 윌리 아저씨가 선생님과 얘기하실 거다. 가엾어라, 우리 아들!

(집을 비추던 조명이 불현듯 사라진다.)

비프 (이제 탁자에서 하는 얘기가 들리는데 손에 황금빛 만년필을 들고 있다.) ……그래서 올리버 사장과는 완전히 끝장났다고요. 아시겠어요? 제 얘기 듣고 계신 거죠?

윌리 (당황하여) 아, 그럼. 그때 낙제만 안 했어도…….

비프 낙제요? 무슨 말씀이세요?

윌리 모두 내게 돌리지 마! 내가 수학 낙제 맞은 거 아니다. 네가 그랬지! 만년필이 어쨌다고?

해피 진짜 멍청한 짓을 했어. 이런 만년필이라면 아마 적어도…….

윌리 (처음으로 만년필을 본다.) 사장 만년필을 가져왔어?

비프 (약해지며) 아버지, 지금 막 설명해 드렸잖아요.

윌리 올리버 사장의 만년필을 훔쳤다고!

비프 정말 훔친 건 아니에요! 그래서 여태 설명해 드렸잖아요!

해피 손에 들고 있는데 막 올리버 사장이 걸어 들어오더래요. 그래서 얼떨결에 그냥 주머니에 찔러 넣었대요.

윌리 아이고, 맙소사, 비프!

비프 그러려고 했던 게 아니에요, 아버지!

전화 교환원의 목소리 스탠디시 암스 호텔입니다. 안녕하
    세요!

월리 (소리 지르며) 난 내 방에 없는 거야!

비프 (경악하여) 아버지, 왜 그러세요? (해피와 함께 일어난
    다.)

교환원 로먼 씨에게 전화해 보지요!

월리 난 거기 없다니까, 관둬!

비프 (두려움에 질려 월리 앞에 한쪽 무릎을 꿇고 앉는다.) 아버
    지, 제가 잘할게요. 앞으로 잘할게요. (월리, 일어서려
    한다. 비프가 그를 잡아 앉힌다.) 앉으세요.

월리 아니, 너는 아무짝에도 쓸모없는 놈이야, 아무짝
    에도.

비프 그래요, 아버지. 그러니 다른 걸 찾아볼게요. 아무
    걱정 마세요. (월리의 얼굴에 손을 대고) 뭐라고 말씀 좀
    해 주세요, 아버지.

교환원 로먼 씨가 전화를 안 받으시는데요. 장내 방송으로
    찾아볼까요?

월리 (마치 교환원에게 달려가 입을 막으려는 듯 일어서려고
    하며) 안 돼, 안 돼, 안 돼!

해피 형은 해낼 거예요, 아버지.

월리 안 돼, 안 돼…….

비프 (절망적으로 월리 앞에 서며) 아버지, 들어 보세요! 제
    얘기를 들어 보세요! 좋은 소식이에요. 올리버 사
    장이 플로리다 구상에 대해 영업 파트너와 얘기했어
    요. 듣고 계시죠? 사장이, 사장이 파트너와 얘기를

했고요, 제게 와서는……. 전 잘될 거예요. 아셨죠? 아버지, 제 얘기를 들으세요. 단지 액수만이 문제라고 했단 말이에요!

월리 그러면 너…… 해낸 거냐?

해피 아버지, 형은 멋지게 성공할 거예요!

월리 (일어나려고 하며) 너 해낸 거지? 그런 거지? 해냈군! 해냈어!

비프 (괴로워하며, 월리를 잡아 앉히며) 아니, 아니에요. 들어 보세요, 아버지. 그 사람들과 내일 점심을 같이하기로 했어요. 제가 여전히 좋은 인상을 심어 줄 수 있다는 걸 말씀드리는 거예요. 저는 성공하고 말겠어요. 하지만 내일은 안 돼요, 아시죠?

월리 아니 왜? 넌 지금…….

비프 만년필이 있잖아요, 아버지!

월리 돌려주면서 본의 아니게 그렇게 되었다고 말하면 되잖아!

해피 그래, 내일 점심 식사에 가!

비프 그렇게는 말 못 해요.

월리 퍼즐을 풀다가 무심코 그 만년필을 집어 들었다고 하면 되잖아!

비프 아버지, 옛날엔 공을 들고 나가더니 이제는 만년필을 들고 갔다가 돌려주라고요? 그건 볼 장 다 본 거라고요, 아시겠어요? 이래서는 사장 얼굴을 볼 낯이 없어요! 다른 일을 생각해 보겠어요.

장내 방송 로먼 씨를 찾습니다!

월리 넌 되고 싶은 게 아무것도 없니?

비프 아버지, 제가 어떻게 거길 다시 가겠어요?

월리 넌 되고 싶은 게 아무것도 없지, 그게 이 모든 사태의 진상이지?

비프 (자신의 기분을 알아주지 않는 월리에게 화가 나서) 그런 식으로 얘기하지 마세요! 예전에 한 짓이 있는데 다시 그 사무실로 걸어 들어가는 건 쉬운 일이었는 줄 아세요? 기차가 나를 끌어간다 해도 다시는 빌 올리버에게 가지 않겠어요!

월리 그럼 애당초 왜 간 거냐?

비프 왜 갔냐고요? 왜 갔냐고! 아버지 당신 모습을 한번 보세요! 아버지가 어떤 모습인지 한번 보시라고요!

(무대 뒤 왼쪽에서 여자가 소리 내어 웃는다.)

월리 비프, 내일 점심 식사에 가거라. 그러지 않으면…….

비프 못 가요. 그런 약속 같은 거 없어요!

해피 형, 미쳤어?

월리 너 반항하는 거냐?

비프 그렇게 받아들이지 마세요! 에이, 젠장!

월리 (비프를 때리고 식탁에서 벗어나 비틀거린다.) 이런 빌어먹을 놈! 내게 반항하는 거냐?

여자 월리, 누가 문밖에 와 있어!

비프 전 아무짝에도 쓸모가 없어요. 그걸 모르시겠어요?

해피 (둘을 떼어 놓으며) 여기는 식당이에요. 두 사람 다 이

제 그만하세요! (아가씨들이 들어온다.) 여어, 아가씨들,
앉으세요.

(무대 뒤 왼쪽에서 여자가 소리 내어 웃는다.)

포사이드   이렇게 하는 것도 괜찮겠다 싶어서요. 이 애는 리
         타예요.
여자   윌리, 안 일어날 거야?
비프   (윌리를 무시하고) 안녕하세요, 아가씨. 앉으세요. 무얼
         마시겠어요?
포사이드   리타는 오래 있지 못할지도 몰라요.
리타   내일 아침 아주 일찍 일어나야 되거든요. 배심원으로
         참석해야 해요. 정말 신나요! 두 분은 배심원으로
         나가 본 적이 있나요?
비프   아뇨, 배심원들 앞에 서 있어 본 적은 있죠! (아가씨들
         이 소리 내 웃는다.) 여긴 우리 아버지세요.
리타   어머, 근사하시다! 우리랑 같이 앉아 놀아요, 아버님.
해피   아버지를 앉혀 드려, 형!
비프   (윌리에게 가며) 대장, 이리 오세요. 꼭지 돌게 마셔 봅
         시다. 에이, 까짓 거! 이리 앉으세요, 아버지.

(비프의 채근에 못 이겨 윌리가 막 앉으려는데)

여자   (이제 급하게) 윌리, 문 좀 열어 보라니까!

(여자의 외침에 윌리 주춤한다. 혼미한 상태로 오른쪽으로 간다.)

비프   아버지, 어디 가세요?

윌리   문 열어야지.

비프   문이요?

윌리   화장실…… 문…… 문이 어디 있지?

비프   (윌리를 왼쪽으로 인도하며) 곧장 내려가세요.

여자   윌리, 일어날 거야 말 거야? 일어날 거야 말 거야?

(윌리 왼쪽으로 퇴장)

리타   아버지를 모시고 오다니 엄청 괜찮은 분들이시네.

포사이드   아, 사실은 진짜 아버지가 아닌 거죠!

비프   (왼쪽에 있다가 분개하여 포사이드에게) 이봐요, 포사
       이드 양. 당신은 방금 왕이 걸어 나가시는 걸 본 거요.
       고난을 겪는 훌륭한 왕이죠. 열심히 일했지만 아무도
       알아주지 않는 왕이요. 무슨 말인지 알아요? 멋지고
       믿음직한 아버지였어요. 항상 자식들만 생각하고.

리타   어머, 너무 멋지다.

해피   자, 아가씨들, 오늘 뭘 할까요? 아까운 시간이 흘러
       가고 있어. 형, 어서 와. 이리 와 같이 앉아. 어디 가고
       싶어요?

비프   너는 왜 아버지를 위해 아무것도 하지 않지?

해피   내가!

비프   너는 아버지에게 전혀 신경도 쓰지 않잖아?

해피   무슨 소리야? 내가 바로 아버지에게…….

비프   난 알아, 넌 아버지에게 눈곱만치도 관심이 없어. (주머니에서 돌돌 말린 호스를 꺼내 해피 앞 탁자에 놓는다.) 지하실에서 내가 뭘 발견했는지 봐, 젠장. 어떻게 이런 걸 그냥 두고 볼 수 있지?

해피   내가? 집을 나간 건 누군데? 멀리 달아나서…….

비프   그래, 하지만 너에게 아버지는 아무런 의미도 없어. 넌 아버지를 도울 수 있는데, 난 그럴 수가 없어! 내가 무슨 말을 하는지 알겠어? 아버지는 스스로 목숨을 끊으려 하고 있다고. 그거 몰라?

해피   내가 모르냐고! 내가!

비프   해피, 아버지를 도와 드려! 이런 제길……. 아버지를 도와 드려……. 나를 좀 도와줘, 도와 달라고. 난 도저히 아버지 얼굴을 볼 수가 없어! (울음을 터뜨릴 것 같은 모습으로 서둘러 오른쪽으로 나간다.)

해피   (그 뒤를 따르며) 어디 가는 거야?

포사이드   저분 왜 저렇게 화가 나셨어요?

해피   자, 아가씨들, 형을 따라갑시다.

포사이드   (해피가 그녀를 밀어내자) 저기요, 난 저 사람 성질 내서 싫어!

해피   좀 긴장해서 그래요. 곧 괜찮아질 거예요!

윌리   (무대 왼쪽에서 여자의 웃는 소리와 함께) 문 열지 마, 문 열지 마!

리타   댁의 아버님에게 말씀드려야…….

해피   아니, 우리 아버지 아니에요. 그냥 아는 사람이에요.

자, 우리 비프 형을 따라가서 동네 떠들썩하게 놀고 마십시다! 스탠리, 계산! 이봐, 스탠리!

(일행 퇴장. 스탠리 왼쪽을 본다.)

스탠리   (성난 목소리로 해피를 부르며) 로먼 씨! 로먼 씨!

(스탠리가 의자를 집어 들고 그들을 따라간다. 무대 왼쪽에서 노크 소리 들린다. 여자가 웃으며 등장. 월리가 따라 들어온다. 여자는 검은 슬립을 입고 있고 월리는 셔츠의 단추를 끼우고 있다. 노골적으로 육감적인 음악이 이 장면 내내 깔린다.)

월리   그만 좀 웃어! 그만 웃으라고!
여자   문 안 열어 볼 거야? 호텔 전체를 다 깨워 놓겠어!
월리   난 기다리는 사람 없어.
여자   자기, 한잔 더 하고 철부지같이 자기만 챙기는 짓은 이제 관두시지?
월리   난 너무 외로워.
여자   자기 때문에 내가 멋대로 행동하는 거 알아, 월리? 이제부터 자기가 사무실에 오면 언제든 바로 바이어들에게 들여보내 줄게. 더 이상 내 앞에서 기다리고 앉아 있는 일은 없을 거야. 자기 때문에 나, 제멋대로가 되었어.
월리   그렇게 말해 주다니 고맙군.
여자   아유, 정말 자기밖에 모른다니까! 왜 슬퍼해? 자기는 이제껏 내가 본 중에 제일 슬프고 이기적인 사람이야. (소리 내어 웃는다. 윌리가 입을 맞춘다.) 이리로 와, 북 치는 세일즈맨 소년. 한밤중에 옷을 차려입다니 쓸데없이. (노크 소리가 계속 들린다.) 문 안 열어 볼 거야?

윌리 방을 잘못 안 거야.

여자 하지만 노크 소리가 계속 들리잖아. 우리가 얘기하는 소리도 들릴걸. 어쩌면 호텔에 불이 났는지도 몰라.

윌리 (점점 더 두려워하며) 잘못된 거야.

여자 그러면 나가서 꺼지라고 말해!

윌리 아무도 안 왔어.

여자 윌리, 저 소리가 내 신경을 긁고 있어. 문밖에 누가 서 있는 게 내 신경을 긁는다고!

윌리 (여자를 밀어내며) 좋아, 그럼 욕실에 들어가서 나오지 마. 여기 매사추세츠 주에서는 이럴 때 나오지 말라고 법으로 정해 놓고 있거든. 아마 새로 온 벨 보이일 거야. 아주 더럽게 생겨 먹었더군. 나오지 마. 뭔가 잘못된 거야. 불난 거 아냐.

(다시 노크 소리가 들린다. 윌리가 여자에게서 몇 걸음 물러서고 여자는 무대 옆으로 사라진다. 조명이 윌리를 따라가 어린 비프를 만나는 장면을 비춘다. 비프는 여행 가방을 들었다. 비프가 아버지를 향해 다가간다. 음악 소리 사라진다.)

비프 왜 문을 안 열어 주셨어요?

윌리 비프! 너 여기 보스턴에는 웬일이냐?

비프 왜 문을 안 열어 주셨어요? 오 분 동안이나 문을 두드리고 전화도 했는데…….

윌리 지금 막 들었어. 욕실에서 문 닫아 놓고 있었거든. 집에 무슨 일이라도 생겼니?

비프 아빠, 전 아빠를 실망시켰어요.

윌리 무슨 말이냐?

비프 아빠…….

윌리 비프, 이게 무슨 일이냐? (비프를 감싸 안는다.) 이리 와. 밑에서 음료수라도 사 주마.

비프 아빠, 전 수학에서 F를 받았어요.

윌리 학기말 고사는 아니겠지?

비프 학기말 고사예요. 학점이 모자라 졸업할 수가 없게 되었어요.

윌리 버나드가 네게 답을 안 가르쳐 주었단 말이냐?

비프 가르쳐 주었어요. 나름 애를 썼지만 겨우 61점밖에 못 받았어요.

윌리 그런데 선생들이 거기서 4점을 더 안 주더란 말이지?

비프 번봄이 절대 안 된대요. 아빠, 애걸을 했는데 그 점수를 못 주겠대요. 방학하기 전에 가서 얘기 좀 해 주세요. 우리 아빠가 어떤 사람인지 보면, 그리고 아빠가 말솜씨로 휘어잡으면 번봄도 제게 점수를 줄 수밖에 없을 거예요. 수학 수업이 연습 시간 바로 전에 있어서 자주 들어가지는 못했어요. 번봄에게 얘기 좀 해 주세요, 예? 아빠를 좋아할 거예요. 아빠는 말솜씨가 뛰어나잖아요.

월리　좋아. 당장 돌아가자.

비프　아, 아빠, 멋져요! 아빠가 가시면 번봄이 마음을 바꿀 거예요!

월리　아래층 데스크에다 내가 나간다고 일러라. 지금 당장 내려가서.

비프　예, 대장님! 번봄이 절 미워하는 이유가 뭔지 아세요? 어느 날 번봄이 수업에 늦게 들어와서 제가 칠판 앞에서 선생 흉내를 냈거든요. 사팔눈을 하고서 혀짤배기 소리로 말했죠.

월리　(소리 내 웃으며) 그랬어? 애들이 좋아했겠네?

비프　웃다가 죽을 뻔했죠!

월리　그래? 네가 어떻게 했는데?

비프　육칩참에 체콥큰은……. (월리가 폭소를 터뜨린다. 비프도 따라 웃는다.) 그런데 바로 그때 번봄이 들어온 거 있죠!

(월리가 웃고 여자도 무대 뒤에서 따라 웃는다.)

월리　(주저 없이 곧바로) 얼른 아래로 내려가서…….

비프　저 안에 누가 있어요?

월리　아냐, 옆방이야.

(여자가 무대 뒤에서 웃는다.)

비프　누군가 욕실에 있어요!

142

윌리   아냐, 옆방이라니까, 옆방에서 파티가 있나 봐.

여자   (소리 내 웃으며 들어온다. 혀짤배기 소리로) 나 들어가도
        돼? 욕조에 뭐가 있어, 윌리. 움직이고 있어!

(윌리가 비프를 바라본다. 비프는 입을 딱 벌리고 질린 듯 여자를
응시한다.)

윌리   아, 당신 방으로 돌아가시는 게 좋겠습니다. 지금쯤은
        페인트칠이 끝났겠지요. 이 숙녀 분의 방을 칠하고
        있어서 여기서 샤워를 하시도록 했단다. 가세요,
        가……. (여자를 밀어낸다.)

여자   (저항하며) 난 옷을 입어야 되는데, 윌리……. 이러고
        나갈 수는…….

윌리   여기서 나가시오! 돌아가요, 돌아가……. (갑자기
        태연한 체하려고 애쓰며) 이쪽은 프랜시스 양이야, 비프.
        바이어란다. 지금 이분 방에 칠을 하고 있어. 돌아가
        요, 프랜시스 양. 가라고…….

여자   하지만 옷을 입어야지. 옷을 벗은 채 복도를 나다닐
        수는 없잖아!

윌리   (여자를 무대 뒤로 밀어내며) 여기서 나가! 돌아가, 돌아
        가라고!

(무대 뒤에서 언쟁이 계속되는 동안 비프가 천천히 여행 가방 위에
주저앉는다.)

여자   내 스타킹은? 월리, 내게 스타킹 준다고 했잖아!

월리   여기엔 스타킹 없어!

여자   9번 사이즈 투명 스타킹 두 상자 준다고 했잖아! 빨리 내놔!

월리   자! 젠장, 여기서 나가라고!

여자   (스타킹 한 상자를 들고 들어오며) 복도에 아무도 없기만 바랄 뿐이야. 그것만 바랄 뿐이야. (비프에게) 넌 미식축구? 아님 야구?

비프   미식축구요.

여자   (화가 나고 기분 상해서) 그래, 나도 축구공이다. 잘 있어. (월리에게서 옷을 뺏어 들고는 걸어 나간다.)

월리   (잠시 뒤) 자, 가자꾸나. 아침에 일어나자마자 학교에 가 봐야겠다. 옷장에서 내 양복을 꺼내 오렴. 여행 가방을 가져올게. (비프는 움직이지 않는다.) 왜 그래? (비프는 미동도 없다. 눈에서 눈물이 떨어진다.) 바이어라고. J.H. 시먼스 상사에서 일하지. 복도 저편에 있는데, 페인트칠을 하고 있거든. 너 설마……. (말을 끊는다. 잠시 후) 얘야, 저 여자는 그냥 바이어야. 자기 방에서 상품을 살펴보니까 그런 것들을 잘 진열할 수 있도록……. (침묵. 짐짓 명령조로) 그만해, 내 양복 가져와. (비프는 움직이지 않는다.) 그만 울고 내가 하라는 대로 해. 명령하고 있잖아. 비프, 내 말대로 해! 내가 말하면 너 이렇게 행동하니? 왜 질질 짜고 그래! (비프를 안는다.) 얘야, 네가 크면 다 이해하게 될 거야. 너는…… 너는 이런 것들을 너무 과장해서 생각하면 안 돼. 아침에 일어나자마자 번봄을 보도록 하마.

비프　됐어요.

월리　(비프 옆에 주저앉으며) 됐다고! 이따위 점수를 주는데. 가서 해결하마.

비프　들어주지 않을 거예요.

월리　내 말이라면 반드시 들을 거야. 버지니아 대학에 가려면 그 점수가 꼭 필요하잖아.

비프　대학 안 가요.

월리　뭐? 내가 얘기해서 점수를 바꿔 놓지 않으면 넌 계절 수업을 들어야 해. 여름 내내 너는…….

비프　(울음이 터져 나온다.) 아빠…….

월리　(전염되어 같이 울먹이며) 그래, 내 아들아…….

비프　아빠…….

월리　그 여잔 아무것도 아니야. 난 외로웠어. 너무 외로웠을 뿐이야.

비프　아빠는…… 아빠는 그 여자에게 엄마의 스타킹을 줬어요! (눈물이 터져 나온 채로 일어나 가려고 한다.)

월리　(비프를 붙잡으며) 내가 말하는 대로 해!

비프　건드리지 마세요. 거짓말쟁이!

월리　그 말 사과해!

비프　가짜! 엉터리 위선자! 가짜! (격앙하여 재빨리 돌아서더니 엉엉 울며 여행 가방을 들고 나가 버린다. 월리는 무릎을 꿇은 채 무대에 남아 있다.)

월리　내가 말하는 대로 해! 비프, 당장 이리 오지 않으면 때려 줄 테다! 이리 와! 패 줄 거야!

(스탠리가 오른쪽에서 재빨리 나와 윌리 앞에 선다.)

윌리 (스탠리에게 소리 지른다.) 내가 명령했잖아…….
스탠리 저기요, 일어나세요. 일어나시라고요, 로먼 씨. (윌
       리가 일어서도록 도와준다.) 아들들이 영계를 하나씩
       데리고 가 버렸네요. 집에서 만나잡니다.

(다른 웨이터가 조금 떨어져서 상황을 지켜본다.)

윌리 하지만 여기서 같이 저녁 먹기로 했는데.

(윌리의 테마 음악이 흐른다.)

스탠리 괜찮으시겠어요?
윌리 음……. 암, 괜찮아. (갑자기 자신의 옷매무새에 신경을
      쓴다.) 나…… 나 괜찮아 보여?
스탠리 그럼요, 괜찮아 보이세요. (윌리의 옷깃에서 부스러기를
       털어 낸다.)
윌리 자, 1달러 받게.
스탠리 아, 아드님이 이미 주셨어요. 괜찮습니다.
윌리 (스탠리의 손에 쥐여 주며) 아니, 받아. 자넨 좋은 사람
      일세.
스탠리 아, 아닙니다. 이러실 필요 없어요…….
윌리 여기, 여기 더 있어. 난 이제 더 이상 필요 없네. (잠시
      뒤) 저기, 근처에 씨앗 파는 가게가 있나?

스탠리　씨앗요? 땅에 심는 거 말씀하시는 거예요?

(윌리가 몸을 돌리자 스탠리가 돈을 다시 윌리의 재킷 주머니에 찔러 넣는다.)

윌리　응. 당근, 완두콩…….
스탠리　어, 6번가에 철물점 같은 것들이 있긴 한데 지금은 너무 늦었을걸요.
윌리　(초조하게) 아, 서둘러야겠다. 씨앗을 좀 구해야겠어. (오른쪽으로 걸음을 옮긴다.) 씨앗을 지금 당장 구해야 해. 아무것도 심지를 않았어. 땅에 묻어 둔 게 아무것도 없어.

(조명 희미해지고 윌리가 서둘러 나간다. 스탠리가 그를 따라 오른쪽으로 가며 윌리를 지켜본다. 또 다른 웨이터는 윌리를 계속 응시하고 서 있다.)

스탠리　(웨이터에게) 야, 너 뭘 그리 보고 있냐?

(웨이터가 의자를 집어 들고 오른쪽으로 나간다. 스탠리는 탁자를 들고 그를 따른다. 이 부분을 비추던 조명 사라진다. 긴 침묵이 이어진 후 플루트 소리가 들린다. 조명이 점차 텅 빈 부엌을 비춘다. 해피가 문가에 나타난다. 비프가 따른다. 해피는 긴 줄기가 달린 큰 장미꽃 다발을 들고 있다. 그가 부엌에 들어와 린다를 찾는다. 린다가 보이지 않자 해피는 비프에게 몸을 돌려 손으로

"여기엔 없어."라는 몸짓을 해 보인다. 비프는 문밖에 있다. 해피가 거실 안쪽을 들여다보고 얼어붙는다. 객석에서는 보이지 않는 안쪽에 린다가 윌리의 코트를 무릎에 올려 놓고 앉아 있다. 린다가 침울하게 조용히 일어나더니 해피 쪽으로 온다. 해피는 두려워하며 부엌으로 물러선다.)

해피   어, 여기서 뭐 하고 계세요? (린다는 아무 말도 하지 않고 가차 없이 해피에게 다가온다.) 아버지는요? (오른쪽으로 계속 물러나고, 린다는 거실로 가는 길에 완전히 모습을 드러낸다.) 주무세요?

린다   너희는 어디 있었니?

해피   (웃어 넘기려 하며) 여자 둘을 만났는데요, 굉장히 괜찮은 애들이었어요. 여기, 어머니 드리려고 꽃을 가져 왔어요. (꽃을 내민다.) 방에 꽂으세요, 어머니.

(린다가 꽃다발을 바닥에 팽개치자 비프의 발치에 떨어진다. 비프는 이제 안으로 들어와 그 뒤의 문을 닫고 서 있다. 린다가 조용히 비프를 노려본다.)

해피   아니, 왜 그러세요? 어머니, 일부러 꽃을 사 왔는데…….

린다   (해피의 말을 자르며 비프에게 거세게) 아버지가 살든지 죽든지 상관없니?

해피   (계단으로 가며) 위로 올라와, 형.

비프   (해피에게 경멸감을 비치며) 꺼져! (린다에게) 살든지 죽든지라니 무슨 말이세요? 여기 아무도 죽은 사람

없어요.

린다 내 눈앞에서 사라져! 여기서 당장 나가!

비프 대장을 좀 봐야겠어요.

린다 근처에도 못 갈 줄 알아!

비프 어디 계신데요? (거실로 들어가고 린다가 뒤를 따른다.)

린다 (비프 뒤에서 소리치며) 저녁 같이 먹자고 해 놓고. 하루
     종일 고대하셨단 말이다. (비프가 부모 침실에 나타나
     두리번거리다 퇴장) 그랬는데 거기다 아버지를 버려
     놓고 오다니. 생판 모르는 사람에게도 그렇게는 못할
     거다!

해피 왜 그러세요? 아버지는 우리와 즐겁게 지냈어요. 저기,
     제가……. (린다가 부엌으로 들어온다.) 아버지를 버려
     두었다니 벼락 맞아 죽을 소리죠!

린다 여기서 나가!

해피 저기요, 어머니…….

린다 오늘 밤 꼭 여자들과 놀아야 했니? 너희들과 그 망할
     계집들!

(비프가 다시 부엌으로 들어온다.)

해피 어머니, 우리는 비프 형을 따라다니면서 좀 즐겁게 해
     주려던 것뿐이었어요! (비프에게) 아이고, 형이 어찌나
     나를 심란하게 하던지!

린다 둘 다 여기서 썩 나가, 그리고 다시 돌아오지 마! 더
     이상 아버지를 괴롭히지 마라. 당장 나가, 물건 다 싸

들고! (비프에게) 해피의 아파트에 가서 자라. (꽃을 주우려다가 멈춘다.) 이것도 가져가. 더 이상 너희 종 노릇 하지 않겠다. 주워, 당장! 놈팡이 같은 녀석!

(해피가 거부의 뜻으로 등을 돌린다. 비프가 천천히 몸을 움직여 무릎을 꿇고 꽃을 줍는다.)

린다 짐승보다 못한 놈들! 사람이라면 노인네를 식당에 두고 그렇게 나가 버리는 잔인한 짓은 못할 거다!
비프 (린다를 쳐다보지 않고) 그렇게 말씀하시던가요?
린다 말할 필요가 뭐 있어. 너무 멸시를 당한 터라 들어오실 때 제대로 걷지도 못하던걸.
해피 하지만 어머니, 아버지는 우리와 즐겁게…….
비프 (거세게 해피의 말을 자르며) 닥쳐!

(더 이상 입을 열지 않고 해피는 위층으로 올라간다.)

린다 너! 너는 아버지가 괜찮은지 들어가 보지도 않았지!
비프 (여전히 린다 앞에서 무릎을 꿇은 채 손에 장미 다발을 안고 있다. 자기에 대한 모멸감으로) 그래요, 안 갔어요. 그런 짓 따위 안 했다고요. 그렇다면 어쩔 건데요. 화장실에서 혼자 중얼거리는데 두고 나왔죠.
린다 이런 망할 놈, 이런…….
비프 정곡을 찌르시는군요! (일어나 꽃다발을 쓰레기통에 처넣는다.) 어머니는 이 땅의 쓰레기를 보고 계시는 거예요!

린다 여기서 나가!

비프 대장과 얘길 좀 해야겠어요. 어디 계세요?

린다 근처에도 가지 마. 이 집에서 썩 나가!

비프 (확신과 결의에 차서 단호하게) 아뇨. 아버지와 나는 남자 대 남자로 얘기를 좀 해야겠어요.

린다 말도 꺼내지 마라!

(무대 오른편 집 바깥에서 탕탕 두들기는 소리가 들린다. 비프가 소리 나는 쪽으로 고개를 돌린다.)

린다 (갑자기 애원조로) 제발 좀 가만 내버려 둘 수 없니?

비프 저기서 뭐 하시는 거예요?

린다 정원에 뭘 심고 계셔!

비프 (조용히) 지금요? 아, 하느님 맙소사!

(비프가 바깥으로 나가고 린다가 따른다. 그들을 비추던 조명이 사라지고 윌리가 걸어 들어오는 무대 앞쪽 중앙부가 밝아진다. 윌리는 손전등과 괭이와 씨앗 봉투를 가득 들었다. 괭이 대가리를 단단히 고정하려고 세게 두드린다. 왼쪽으로 가서 발걸음으로 거리를 잰다. 씨앗 봉투에 손전등을 비추고 심는 방법을 읽는다. 밤의 푸른 조명이 그를 비춘다.)

윌리 당근……. 1센티미터씩 띄워서. 30센티미터씩 열을 짓고. (간격을 잰다.) 30센티미터. (봉투 하나를 내려놓고 다시 간격을 잰다.) 상추. (봉투 겉면을 읽고 내려놓는다.) 30센티미터……. (벤이 오른편에 나타나 천천히 다가오자 동작을 멈춘다.) 상당한 액수거든, 으흠, 으흠. 훌륭해, 훌륭해. 마누라가 너무 고생을 했어요, 형님. 마누라 고생이 너무 심했다고요. 무슨 말인지 아시죠? 남자가 세상에 난 그대로 맨몸에 빈손으로 갈 수는 없는 거 아니겠어요. 남자라면 뭔가를 세상에 더하고 가야죠. 형님은 그렇게 못하죠, 형님은 못해요. (벤이 마치 끼어들 것처럼 가까이 온다.) 자, 이제 생각해 봐요. 너무 빨리 대답하지 말고. 20000달러가 확실하게 보장되어 있다는 것을 잊지 마시고요. 보세요, 형님. 저와 함께 이 문제의 좋은 점과 나쁜 점을 생각해 보자고요. 전 얘기할 사람이 아무도 없고 마누라는 고생을 너무 많이 했어요. 아시겠어요?

벤 (뻣뻣하게 서서 생각한다.) 얼마라고?

월리 최소 20000달러라니까요. 뻣뻣한 놈으로다 딱 보장이 되어 있단 말입니다.

벤 남들 앞에서 우스운 꼴 당하는 것은 아니겠지. 약관 대로 지불해 주지 않을지도 몰라.

월리 자기들이 어떻게 그래요? 꼬박꼬박 보험료 내느라고 노새처럼 일했단 말입니다. 그런데 돈을 안 줘요? 말도 안 되죠!

벤 겁쟁이들이나 하는 짓이야, 윌리엄.

월리 왜요? 짤랑거릴 돈 한 푼 없이 여생을 여기서 보내는 게 더 용감한 일인가요?

벤   (굴복하며) 일리가 있군, 윌리엄. (생각하며 움직이다가
        돌아선다.) 게다가 20000달러라……. 그만하면 손안에
        제대로 쥐어지는 돈이지.

윌리   (이제 확신에 차서 점점 더 힘을 내어) 아, 형님, 그게
        매력이죠! 20000달러가 어둠 속에서 거친 원석처럼
        단단하게 빛나는 게 보여요. 그놈을 따서 주머니에
        넣으라고 기다리고 있어요. 약속이나 예약 따위와는
        다르죠! 형님, 이건 다른 멍청한 약속 따위와는
        달라서 모든 관점을 바꿔 놓을 거예요. 왜냐하면
        걔는 내가 아무것도 아니라고 생각하고 무시하거든요.
        하지만 장례식에서는……. (몸을 똑바로 펴며) 형님,
        장례식은 어마어마할 거예요! 메인, 매사추세츠, 버몬트,
        뉴햄프셔에서 모두들 오겠죠! 예전에 알던 사람들이
        낯선 자동차 번호판을 달고 찾아 오겠죠. 우리 애는
        벼락 맞은 것처럼 놀랄 거예요, 형님. 그 아이는
        내가 두루두루 아는 사람이 많다는 것을 결코 알지
        못했으니까요! 로드아일랜드, 뉴욕, 뉴저지……. 내가
        널리 알려져 있다는 걸 우리 애는 처음 제대로 확
        인하겠죠. 내가 누군지 볼 테죠, 형님! 깜짝 놀라
        겠지요!

벤   (정원 가장자리로 오며) 그 애는 널 겁쟁이라고 할걸.

윌리   (갑자기 두려워져서) 안 돼요, 그건 끔찍한 일이에요.

벤   그럼. 지독하게 바보 같은 짓이기도 하지.

윌리   안 돼요, 그래선 안 돼요. 그렇게 두지 않을 거예요!
        (좌절하여 절망감에 휩싸인다.)

벤   윌리엄, 그 애는 너를 미워할 거야.

(아이들의 명랑한 음악 소리 들린다.)

윌리   오, 형님, 어떻게 하면 그 좋았던 시절로 돌아갈 수
        있을까요? 빛과 가족애로 가득했고 겨울엔 썰매 타
        느라 두 볼이 붉어지는 줄도 몰랐죠. 언제나 어떤
        즐거운 소식이 기다리고 있었고 뭔가 좋은 일이 앞에
        있었어요. 집 안에서 나는 여행 가방을 들 필요조차
        없었고 빨간 자동차는 항상 반짝반짝 빛이 났어요!
        어떻게 해야 내가 그 애에게 뭔가 남겨 주면서 나를
        더 이상 혐오하지 않도록 할 수 있을까요?
벤   생각 좀 해 봐야겠어. (시계를 힐끗 본다.) 아직 시간이
        약간 있어. 상당한 액수야. 그렇지만 괜히 웃음거리가
        되는 건 아닌지 확실히 알아야 해.

(벤이 무대 위쪽으로 가더니 시야에서 사라진다. 비프가 왼쪽에서
나온다.)

윌리   (갑자기 비프가 온 것을 깨닫고 돌아서서 아들을 본다. 당
        황하며 씨앗 봉투를 집어 든다.) 그 씨앗이 어디 갔지?
        (역정을 내며) 여기서는 아무것도 보이지 않아! 동네가
        전부 성냥갑 안에 갇힌 형국이야!
비프   주변에 이웃들이 있어요. 모르세요?
윌리   바쁘다. 귀찮게 하지 마.

비프   (윌리에게서 팽이를 빼어 들며) 아버지, 작별 인사를 하
       러 왔어요. (윌리는 꼼짝도 하지 않고 멍하니 아들을 바
       라본다.) 다시는 집에 오지 않을 거예요.

윌리   내일 올리버 사장 만나러 가는 거 아니고?

비프   아무 약속도 없어요, 아버지.

윌리   사장이 너를 보고 반가워했는데 너는 아무 약속이
       없어?

비프   아버지, 제발 상황 파악을 하세요, 예? 전 여기 올
       때마다 싸우고 쫓겨나듯 떠났죠. 오늘 전 저 자신에
       대해 깨닫고 그걸 아버지에게 설명하려고 애썼어요.
       전, 전 그걸 깨닫게 해 드릴 만큼 똑똑하지 못한 것
       같아요. 누구 잘못이냐 아니냐 하는 게 무슨 상관이
       겠어요. (윌리의 팔을 잡는다.) 그냥 여기서 끝냅시다,
       예? 들어가요. 어머니에게 말씀드리게.

(비프가 부드럽게 윌리를 왼쪽으로 잡아당긴다.)

윌리   (꼼짝달싹 못하고 얼어붙은 채 켕기는 목소리로) 아니,
       나는 네 엄마를 보고 싶지 않아.

비프   어서요! (다시 잡아당기지만 윌리는 가지 않으려 한다.)

윌리   (매우 불안해하며) 아니, 나는 보고 싶지 않다고.

비프   (윌리의 얼굴을 들여다보면서 거기서 답을 찾으려는 듯) 왜
       어머니를 지금 보고 싶어 하지 않는 거예요?

윌리   (이제 더 엄하게) 귀찮게 하지 마, 알겠어?

비프   어머니를 보고 싶지 않다니 무슨 뜻이에요? 사람들이

아버지를 겁쟁이라고 부르는 거 원치 않으시죠? 아버지 잘못이 아니에요. 제가 문제예요. 저는 건달이니까요. 자, 이제 들어갑시다! (윌리가 빠져나가려고 애쓴다.) 제 말 들으신 거예요?

(윌리가 몸을 빼서 혼자 잽싸게 집 안으로 들어간다. 비프가 따라 간다.)

린다   (윌리에게) 다 심었어요, 여보?
비프   (문가에서 린다에게) 됐어요, 우린 다 풀었어요. 이제 갑니다. 다시는 편지도 쓰지 않겠어요.
린다   (부엌에서 윌리에게 다가가며) 그게 최선인 것 같아요, 여보. 서로 시간 끌어 봤자 소용없어요. 두 사람은 서로 맞지가 않아요.

(윌리는 대답하지 않는다.)

비프   사람들이 제가 어디서 뭘 하는지 물어보더라도 모른다고, 신경 안 쓴다고 얘기하세요. 그래야 제게서 마음이 떠나 다시 새롭게 시작하실 수 있을 거예요. 아시겠죠? 이걸로 된 거예요, 그렇죠? (윌리는 대답하지 않는다. 비프가 그에게 다가간다.) 행운을 빌어 주실 거죠, 대장? (손을 내민다.) 그렇죠?
린다   악수하세요, 여보.
윌리   (린다에게 돌아서서, 상처받고 분노로 가득하여) 만년필

얘기를 꺼낼 필요는 전혀 없었어.

비프 (다정하게) 저에겐 아무 약속도 없었어요, 아버지.

윌리 (맹렬하게 폭발하여) 보고 반가워했다면서?

비프 아버지는 제가 어떤 인간인지 결코 깨닫지 못하실 거예요. 그러니 말싸움할 필요도 없겠지요. 혹시 유전이라도 터지면 수표를 보내 드릴게요. 그때까지는 저를 잊고 계세요.

윌리 (린다에게) 반항하는 거지, 그렇지?

비프 악수해요, 아버지.

윌리 일없다.

비프 이런 식으로 떠나고 싶지는 않아요.

윌리 글쎄, 이런 식으로 떠나가라고. 가거라.

(비프가 윌리를 잠시 보다가 획 몸을 돌려 계단으로 간다.)

윌리 (말로 제지한다.) 이 집을 떠나거든 지옥에서나 타 죽어 버려라!

비프 (몸을 돌리며) 도대체 제게 뭘 바라시는 거예요?

윌리 기차 안이든, 산속이든, 골짜기든, 네가 어디서 무엇을 하든지, 반항심으로 네 인생을 두 동강 냈다는 것을 알길 바란다.

비프 아니, 아니에요.

윌리 네가 망가진 건 반항심, 그걸로밖에 설명할 수 없어! 네가 지쳐 쓰러질 때 무엇이 원인이었는지 기억해라. 철길 옆에서 얼어 죽을 때 그걸 기억하라고. 감히 나를 원망할 생각일랑 말고!

비프　전 아버지를 원망하는 게 아니에요!

윌리　그런 질책을 나는 받지 않을 거라고, 알겠냐?

(해피가 계단을 내려와 맨 아래 층계에서 지켜본다.)

비프　제 말도 그 말이에요!

윌리　(식탁 옆 의자에 주저앉으며 비난을 가득 담아서) 너는 내게 칼을 꽂으려 하는 거야. 내가 그걸 모르고 있다고 생각하지 마라!

비프　알았어요, 위선자 같으니! 솔직하게 까놓고 얘기해 봅시다, 그럼. (주머니에서 고무호스를 획 꺼내 식탁 위에 놓는다.)

해피　형 미쳤구나.

린다　비프! (호스를 잡으려 하지만 비프가 손으로 단단히 움켜쥔다.)

비프　여기 둬요! 가져가지 말라고!

윌리　(쳐다보지도 않고) 그게 뭔데?

비프　이게 뭔지 아주 잘 아실 텐데요.

윌리　(울 안에 갇힌 새처럼 날아갈 길을 찾는다.) 본 적 없어.

비프　봤어요. 쥐새끼들이 이런 걸 지하에 갖다 두지는 않으니까! 이걸로 뭘 하려고요? 영웅이라도 되어 보시려고? 이렇게 해서 내가 아버지한테 미안해하도록?

윌리　들어 본 적도 없어.

비프　그래 봤자 아무도 동정하지 않아요, 그거 알아요? 아무도 불쌍하게 생각하지 않는다고요!

월리 (린다에게) 저 반항하는 꼴 좀 봐!

비프 아뇨, 아버지는 진실을 알아야만 해요. 아버지는 누군지, 나는 누군지!

린다 그만해!

월리 저 반항하는 꼬락서니!

해피 (내려와 비프에게 가며) 그만해, 이제!

비프 (해피에게) 아버지는 우리가 어떤 인간인지 몰라! 이제 아셔야 해! (월리에게) 이 집에서는 단 십 분도 진실을 이야기해 본 적이 없어요!

해피 우린 언제나 진실만을 얘기했어!

비프 (해피에게 돌아서며) 이 허풍선이야, 네가 구매 담당 부주임이라고? 너는 부주임에 딸린 조수 중 하나일 뿐이야!

해피 아니, 나는 실질적으로…….

비프 넌 실질적으로 그것뿐이야! 우리 모두 그래! 난 이제 여기서 벗어나겠어. (월리에게) 자, 아버지, 이게 저예요.

월리 알고 있어!

비프 지난 석 달간 왜 주소가 없었는지 아세요? 전 캔자스 시티에서 양복 한 벌을 훔쳤다가 감옥에 들어가 있었 어요. (흐느끼는 린다에게) 울지 마세요. 전 이제 끝장을 봐야겠어요.

(린다가 그들로부터 고개를 돌려 손으로 얼굴을 감싼다.)

월리　그래, 그게 내 잘못이란 말이지!

비프　전 고등학교 이후 다닌 직장마다 도둑질 때문에 쫓겨 났어요!

월리　그래, 그게 누구 잘못이란 말이냐?

비프　그리고 아버지가 저를 너무 띄워 놓으신 탓에 저는 남에게 명령받는 자리에서는 일할 수가 없었어요! 그게 누구 잘못이겠어요!

월리　알아들었다!

린다　그만해, 비프!

비프　이제 진실을 아셔야 할 때예요. 전 금방이라도 사장이 되어야만 했지요. 이젠 그런 것들을 끝내려는 거예요!

월리　그러면 나가 죽어라! 아비에게 반항하는 자식아, 나가 죽으라고!

비프　아뇨! 아무도 나가 죽지 않아요, 아버지! 전 오늘 손에 만년필을 쥐고 11층을 달려 내려왔어요. 그러다 갑자기 멈춰 섰어요. 그 사무실 건물 한가운데에서 말예요. 그 건물 한복판에 멈춰 서서 저는, 하늘을 봤어요. 제가 세상에서 가장 사랑하는 것들을 봤어요. 일하고 먹고 앉아서 담배 한 대 피우는 그런 시간들을요. 그러고 나서 만년필을 내려다보며 스스로에게 말했죠. 뭐 하려고 이 빌어먹을 놈의 물건을 쥐고 있는 거야? 왜 원하지도 않는 존재가 되려고 이 난리를 치고 있는 거야? 왜 여기 사무실에서 무시당하고 애걸해 가며 비웃음거리가 되고 있는 거야? 내가 원하는 건 저 밖으로 나가 내가 누군지 알게 되는 그때를 기다리는 건데! 전 왜 그렇게 말하지 못하는 거죠, 아버지? (윌리의 눈을 자신에게 돌리려 하지만 그는 멀리 떨어져 왼쪽으로 간다.)

윌리 (증오심에 가득 차 협박하듯이) 네 인생의 문은 활짝 열려 있어!

비프 아버지! 전 1달러짜리 싸구려 인생이고 아버지도 그래요!

윌리 (통제할 수 없이 격앙하여 비프에게 돌아서서) 난 싸구려 인생이 아냐! 나는 윌리 로먼이야! 너는 비프 로먼이고!

(비프는 윌리에게 다가서려 하지만 해피가 가로막는다. 격한 나머지 비프는 거의 아버지를 칠 듯한 기세다.)

비프 저는 사람들의 리더가 되지 못하고, 그건 아버지도 마찬가지예요. 열심히 일해 봤자 결국 쓰레기통으로 들어가는 세일즈맨일 뿐이잖아요. 저는 시간당 1달러짜리예요! 일곱 개의 주를 돌아다녔지만 더 이상 올려 받지 못했어요. 한 시간에 1달러! 무슨 말인지 아시겠어요? 저는 더 이상 집에 상패를 들고 들어 오지 못하고 아버지도 그런 건 기대하지 말아야 해요!

윌리 (비프에게 대놓고) 악에 받친 개 같은 자식!

(비프가 해피를 뿌리치고 나선다. 윌리, 놀라서 계단으로 올라가려고 한다. 비프가 그를 붙잡는다.)

비프 (분노가 머리끝까지 치밀어 올라서) 아버지, 저는 이런
     놈이에요! 전 아무것도 아닌 놈이라고요! 모르
     시겠어요? 반항하는 게 아니에요. 전 그냥 이렇게 생
     겨 먹은 놈이에요. 그뿐이라고요.

(분노가 제풀에 꺾여 비프는 윌리를 잡은 채로 흐느끼며 주저
앉는다. 윌리는 멍하니 비프의 얼굴을 더듬는다.)

윌리 (놀라서) 왜 이러는 거냐? 너 왜 이러는 거야? (린다에
     게) 얘가 왜 울어?
비프 (기진해서 울며) 제발 절 좀 놓아주세요, 예? 더 큰일이
     나기 전에 그 거짓된 꿈을 태워 없앨 수 없나요? (자제
     하려고 애쓰며 일어나 계단으로 간다.) 아침에 나갈게요.
     아버지를, 침대로 모셔다 드리세요. (기진맥진하여
     계단을 올라가 자기 방으로 간다.)
윌리 (한참 있다가 놀라고 들떠서) 놀랍지…… 않아? 비프가
     …… 나를 좋아해!
린다 비프는 당신을 사랑해요, 여보!
해피 (깊이 감동하여) 언제나 그랬어요, 아버지.
윌리 오, 비프! (흥분하여 응시한다.) 울었어. 나를 보고
     울었어! (사랑의 감정에 벅차 컥컥거린다. 자신의 믿음을
     소리쳐 내뱉는다.) 저 애는…… 저 애는 훌륭한 사람이
     될 거야!

(벤이 부엌 바깥의 조명 아래 나타난다.)

벤   그래, 20000달러가 받쳐 준다면 탁월한 사람이 될 수
      있겠지.

린다   (윌리의 마음이 치닫는 것을 느끼고 두려워하며 조심스
      럽게) 그만 자러 가요, 여보. 이제 다 해결되었잖아요.

윌리   (집 바깥으로 달려 나가지 않으려고 애쓰며) 그래요, 잠시
      다. 자, 해피, 자러 가거라.

벤   정글을 헤치고 나오려면 위대한 사람이라야 하는
      법이지.

(벤의 전원풍 테마 음악이 공포스러운 느낌으로 시작된다.)

해피   (린다에게 팔을 두르고) 저는 결혼을 하겠어요, 아버지.
      모든 것을 다 새롭게 시작하겠어요. 올해가 가기 전
      상점의 운영 책임자가 되겠어요. 어머니, 두고 보세요.
      (린다에게 입맞춤한다.)

벤   정글은 어둡지만 다이아몬드가 가득하지, 윌리.

(윌리가 몸을 돌려 벤의 말을 듣는다.)

린다   잘해 봐라. 너흰 둘 다 착한 애들이니 생긴 대로 행동
      하면 되는 거야.

해피   안녕히 주무세요, 아버지. (위로 올라간다.)

린다   (윌리에게) 가요, 여보.

벤   (더 강렬한 힘으로) 다이아몬드를 꺼내 오려면 정글 속
      으로 들어가야만 하지.

월리   (부엌 가장자리를 따라 문으로 천천히 다가가면서 린다
        에게) 좀 가라앉혀야겠어, 여보. 잠깐만 혼자 있게 해
        줘요.

린다   (거의 공포에 사로잡혀) 위층으로 올라가요, 여보.

월리   (린다를 안으며) 잠깐만, 여보. 지금은 도저히 잘 수가
        없어. 먼저 자요. 엄청나게 피곤해 보이는군. (입맞춤
        한다.)

벤   약속이니 뭐니 하는 것들과는 전혀 다르지. 다이아몬
        드는 손에 단단하게 쥐어지는 물건이거든.

월리   이제 가요. 곧 올라가리다.

린다   여보, 이게 유일한 방법인 것 같아요.

월리   그렇고말고, 이게 최선의 방법이야.

벤   최선의 방법!

월리   유일한 방법이지. 모든 게 다……. 어서 자러 가요,
        여보. 너무 지쳐 보이는군.

린다   바로 오셔야 해요.

월리   이 분 뒤에 갈게.

(린다가 거실로 들어가더니 침실에 나타난다. 윌리가 부엌문 바깥
으로 나간다.)

월리   나를 사랑해. (벽차서) 항상 사랑했어. 굉장한 일 아니
        야? 형님, 제가 한 일을 칭송하게 될 거예요!

벤   (희망차게) 어둡지만 다이아몬드로 가득 차 있지.

월리   호주머니에 20000달러를 넣고 있으면 얼마나 근사하겠

느냐고요!

린다 (방에서 윌리를 향해) 여보! 올라오세요!

윌리 (부엌을 향해) 그래, 그래. 간다고! 굉장히 현명한 생각
이지, 여보? 형님조차도 그렇다고 하시네. 가야 해.
안녕! 안녕! (춤추듯이 벤에게 다가간다.) 생각해 봐요!
보험사에서 우편이 오면 다시 버나드보다 앞서 가게
될 거예요!

벤 어디로 보나 완벽한 계획이로군.

윌리 저를 보고 우는 것 보셨어요? 입을 맞춰 주고 싶더라
니까요, 형님!

벤 시간이 됐어, 윌리엄, 시간이 됐어!

윌리 아, 형님, 어떻게든 비프와 저 둘이서 해낼 수 있을 줄
알았답니다!

벤 (시계를 보며) 배가 떠나. 우리 늦겠어. (어둠 속으로 서
서히 움직인다.)

윌리 (집을 향해서 구슬프게) 얘야, 공을 찰 때는 말이지, 70미
터쯤은 차야지. 공과 함께 경기장을 가로질러, 상대를
받을 때는 낮고 세게 받아 버려야 해. 그게 중요한 거야.
(경쾌하게 한 바퀴 돌아 객석을 향한다.) 스탠드에 중요한
분들이 다 오셨어. 명심해야 할 것은……. (갑자기
자신이 혼자 있음을 깨닫는다.) 형님! 벤 형님, 어쩌라고?
(급하게 찾는다.) 형님, 전 어쩌라고……?

린다 (소리친다.) 여보, 안 오세요?

윌리 (두려움으로 헐떡이며, 린다를 조용히 시키려는 듯 빙빙
돈다.) 쉿! (자신의 길을 발견하려는 듯 돈다. 잡음과

얼굴과 목소리들이 그 앞에 떼를 지어 몰려드는 것 같다. 윌리는 소리를 지르며 그것들을 탁탁 친다.) 쉿! 쉿! (갑자기 가냘프고 새된 음악이 들려와 윌리 멈춘다. 음악은 강도를 더해 가며 높아지더니 견딜 수 없을 정도의 절규로 바뀐다. 윌리는 발끝으로 집 주변을 왔다 갔다 하다가 달린다.) 쉬이잇!

린다   여보?

(대답이 없다. 린다, 기다린다. 비프가 침대에서 몸을 일으킨다. 옷을 제대로 입고 있는 모습이다. 해피가 일어난다. 비프가 일어서서 귀를 기울인다.)

린다   (완전히 겁에 질려) 여보, 어디 있어요! 대답해 봐요!

(자동차 시동 거는 소리에 이어 전속력으로 질주하는 소리가 들린다.)

린다   안 돼!
비프   (계단을 달려 내려가며) 아버지!

(자동차가 질주하는 동안 음악이 광란처럼 폭주하다가 부드럽게 진동하는 첼로 독주로 바뀐다. 비프가 천천히 침실로 돌아간다. 비프와 해피가 엄숙하게 재킷을 걸친다. 린다가 천천히 방에서 걸어 나온다. 음악은 장송곡으로 바뀐다. 대낮의 나뭇잎들이 천지를 뒤덮는다. 찰리와 버나드가 검은 옷을 입고 나타나 부엌문을 두드린다. 비프와 해피가 천천히 계단을 내려와 부엌으로 오고

찰리와 버나드가 들어온다. 상복을 입은 린다가 작은 장미꽃 다발을 들고 커튼이 드리워진 복도를 지나 부엌으로 들어오자, 모두들 잠시 멈춘다. 린다가 찰리에게 다가가 그의 팔을 잡는다. 이제 모두 부엌의 가상 벽을 넘어 관객을 향해 선다. 무대 앞 튀어나온 부분의 끝까지 나와 린다가 꽃을 내려놓고 무릎을 꿇고 앉는다. 모두 무덤을 응시한다.)

레퀴엠

찰리 이제 어두워지고 있어요, 린다.

(린다, 반응 없이 무덤만 응시한다.)

비프 자, 어머니, 가서 좀 쉬셔야 해요. 곧 묘지 문도 닫힐
      거예요.

(린다, 미동도 하지 않는다. 침묵.)

해피 (몹시 화가 나서) 그럴 순 없는 거야. 그럴 필요도 없었
      어. 우리 형제가 도와 드렸을 텐데.
찰리 (으르렁거리듯) 으음.
비프 어서 가요, 어머니.
린다 왜 아무도 오지 않는 거지?

찰리　훌륭한 장례식이었습니다.

린다　그이가 알던 사람들은 다 어디 갔죠? 윌리를 비난하고 있나 봐요.

찰리　아닙니다. 험한 세상이라 그래요. 윌리를 비난하지 않을 거예요.

린다　알 수 없어요. 마침 이때, 삼십오 년 만에 처음으로 우리는 빚을 다 갚고 완전히 자유로워졌는데 말이에요. 봉급 조금만 있으면 됐어요. 치과 진료까지도 다 끝낸 상태였어요.

찰리　어느 누구도 봉급 조금 가지고는 살 수 없어요.

린다　알 수가 없어요.

비프　좋은 시절이 참 많았어요. 출장에서 돌아오셨을 때, 일요일에 현관 계단 만들 때, 지하실을 완성할 때, 새 현관 만들 때, 욕실을 하나 더 만들 때, 그리고 차고 만들어 넣을 때. 찰리 아저씨, 아버지는 그 모든 세일즈 일보다 현관 계단 만드는 데 더 정성을 쏟았답니다.

찰리　그래. 시멘트 한 포대만 있으면 더할 나위 없이 행복한 사람이었지.

린다　손재주가 대단한 사람이었어요.

비프　꿈이 잘못된 거죠. 완전히 완전히 잘못된 꿈이었죠.

해피　(싸울 태세로) 그런 말 하지 마!

비프　자기 자신을 끝까지 알지 못했어요.

찰리　(해피의 움직임과 대꾸를 저지하며 비프에게) 아무도 이 사람을 비난할 수는 없어. 넌 몰라. 윌리는 세일즈맨이었어. 세일즈맨은 인생의 바닥에 머물러 있지 않아. 볼트와 너트를 짜 맞추지도 않고, 법칙을 제시하거나 치료약을 주는 것도 아니야. 세일즈맨은 반짝이는 구두를 신고 하늘에서 내려와 미소 짓는 사람이야. 사람들이 그 미소에 답하지 않으면, 그게 끝이지. 모자가 더러워지고, 그걸로 끝장이 나는 거야. 이 사람을 비난할 자는 아무도 없어. 세일즈맨은 꿈꾸는 사람이거든. 그게 필요조건이야.

비프 찰리 아저씨, 아버지는 자기 자신을 알지 못했어요.

해피 (분노하여) 그렇게 말하지 말라니까!

비프 나와 같이 가지 않을래, 해피?

해피 난 그렇게 쉽게 포기하지 않아. 난 이 도시 한가운데 버티고 서서 난장판을 제압할 거야! (턱을 들고 비프를 보며) 로먼 브러더스!

비프 난 나를 알아.

해피 그래, 좋아. 난 형과 다른 사람들에게 윌리 로먼이 헛되이 죽은 게 아니라는 걸 보여 주겠어. 아버지에게는 멋진 꿈이 있었어. 유일한 꿈이었지. 최고가 되는 것. 아버지는 여기서 싸웠고 내가 아버지 대신 여기서 쟁취할 거야.

비프 (해피에게 절망적인 시선을 보내며, 어머니를 향해 몸을 기울인다.) 가요, 어머니.

린다 금방 갈게. 먼저 가세요, 찰리. (찰리 망설인다.) 그냥 잠깐만 더 있고 싶어서요. 작별 인사할 시간이 없었거든요.

(찰리가 가고 해피가 뒤를 따른다. 비프는 약간 떨어져 린다의 왼쪽 옆에 남는다. 린다는 거기 앉아 자신을 가다듬는다. 플루트 소리가 멀지 않은 곳에서 시작되어 린다가 말하는 동안 배경 음악으로 깔린다.)

린다 미안해요, 여보. 울 수가 없어요. 알 수가 없네요. 왜 그런 짓을 했어요? 도와줘요, 여보. 난 울 수가 없어. 당신이 그냥 출장 간 것 같기만 해요. 계속 기다리겠죠. 여보, 윌리, 눈물이 나오지 않아요. 왜 그랬어요? 생각하고 생각하고 또 생각해 봐도 알 수가 없어요, 여보. 오늘 주택 할부금을 다 갚았어요. 오늘 말이에요. 그런데 이제 집에는 아무도 없어요. (린다의 목구멍에서 흐느낌이 솟아오른다.) 이제 우리는 빚진 것도 없이 자유로운데. (더 큰 흐느낌이 풀려 나온다.) 자유롭다고요. (비프가 천천히 린다에게 다가온다.) 자유롭다고요. 자유……

(비프가 린다를 일으켜 부축하며 오른쪽으로 데리고 나간다. 린다가 조용히 흐느낀다. 버나드와 찰리가 함께 나와 그 뒤를 따르고 해피가 맨 끝에서 따른다. 어두워지는 무대에 플루트 소리만이 울리고, 집 너머로 견고한 아파트 건물들이 집중 조명된다.)

(막)

작품 해설

누가 세일즈맨을 죽였나
— 가장 미국적인 소재, 가장 보편적인 감동

20세기 초반까지도 미국 극 무대는 통속적인 멜로드라마와 유럽의 현대극이 주를 이루면서 이른바 식민지적 양상에서 벗어나지 못했다. 그러나 유진 오닐에 이어 테네시 윌리엄스, 아서 밀러가 등장하면서 그 판도가 바뀌어 마치 고속 열차를 타는 듯한 현란하고 다채로운 경이감을 세계의 관객들에게 선사하게 되었다. 이들에 이르러 비로소 미국 무대는 그 사회만의 독특한 소재를 중심으로 희망과 좌절을 이야기하는 고유한 목소리를 찾았다고 할 수 있는데, 몇몇 작품만 짚어 보아도 이 같은 평가가 과장이 아님을 알 수 있다. 여객선 화부를 주인공으로 미국 노예제도를 빗대어 이야기하는 『털북숭이 원숭이』, 순회 극단 배우 출신의 가장을 둔 가족이 돌이킬 수 없이 와해되는 과정을 다룬 『밤으로의 긴 여로』, 허상과 진실 사이의 갈등 관계를 세일즈맨과 사회 부적응자들의 시각으로 조명하는 『얼음 장수 오다』(이상 유진 오닐), 방랑벽으로 집을 나간 아버지, 다리를 못 쓰고 집에 틀어박혀 유리 동물과 함께 상상 속에서 사는 소녀, 신발 가게에서 일하면서 시를 쓰는 아들, 명랑하고 속물적인 남부 출신 어머니를 그린 『유리 동물원』, 몰락한 남부 농장주의 딸과 동물적인 하층 계급 도시 남자를 대비하며 신구 가치관의 대립을 보여 주는 『욕망이라는 이름의 전차』(이상 테네시 윌리엄스), 부실한 군수물자를 납품하여 부를 축적한 군납업자와 그로 인해 비행기 사고로 죽어 가는 젊은이들을 다룬 『모두가 내 아들들』, 세일럼의 마녀재판 과정에서 드러나는 체제와 개인적인 신념 사이의 충돌을 다룬 『시련』(이상 아서 밀러) 등, 20세기 초중반을 중심으로 쏟아져 나온 이들 작품은 가장 미국적인 소재를 다루면서도 현대인의 공감대를 건드리는 보편성을 동시에 확보함으로써, 대중의 인기와 평단의 찬사를 함께 누리게 된다.

　그중에서도 『세일즈맨의 죽음』은 1949년 브로드웨이에서 초연된 이후 전 세계적으로 가장 널리 공연되고 사랑받는 미국 희곡 중 하나라고 할 수 있다. 20세기 중반 자본주의 미국 사회의 고유한 문제점을 다룬 작품임에도 불구하고, 1983년 아서 밀러는 공산주의 체제 아래 있는 중국 베이징 인민 극장에서 성공적으로 이 작품을 연출하고 박수갈채를 받은 바 있다. 1980년대 중국이 덩샤오핑의 주도로 경제 개방 무드였음을 감안한다 하더라도, 이 사건은 『세일즈맨의 죽음』에 다른 시간, 다른 사회 체제, 다른 세계관을 넘어서는 보편적인 무엇인가가 있음을 증명하는 사례가 아닐 수 없다. 한국에서도 1950년대 초연된 이래 21세기인 지금까지 거의 매해 공연되는 레퍼토리이며, 다양한 연출가와 배우가 욕심내는 드라마이자 흥행의 보증수표로 인식되고 있다.

그런데 『세일즈맨의 죽음』이 이처럼 시공을 초월한 폭넓은 공감을 이끌어 내기 때문에, 독자와 관객은 이 작품이 매우 치밀하게 짜였다는 점을 간과하기 쉽다. 이 작품은 (극의 마지막 부분인 「레퀴엠」을 제외하면) 약 스물네 시간 동안 세일즈맨 윌리 로먼의 집을 보여 주면서, 늦은 밤 윌리의 귀가에서 시작해서 그다음 날 밤 그의 자살로 막을 내린다. 이처럼 단일한 공간적, 시간적 배경 속에서 단일한 플롯을 중심으로 구성되어 고전적인 비극의 원칙을 준수하고 있으면서도, 극은 그 속에서 수직과 수평으로 뻗어 나가며 전통적인 삼일치의 원칙을 해체한다. 윌리의 극단적인 행동과 직접 연결되는 것은 큰아들 비프의 귀향과 그로부터 촉발되는 해묵은 가족 갈등으로, 부자간의 갈등 폭발을 정점으로 하여 비프는 다시 집을 떠나고자 결심하고 윌리는 자신의 보험금으로 아들이 성공하기를 바라며 자살한다. 다른 한편 윌리는 기억 속에서 형을 불러내어 어린 시절 가족이 함께 작은 마차로 미국 대륙을 유랑하며 정착지를 찾던 시기를 더듬는다. 이처럼 가족사와 겹쳐지는 미국사를 세로축으로 본다면, 윌리가 직장에서 점점 더 소외당하고 결국엔 해고를 당하는 과정, 집에 돌아와 번듯한 사업을 해 보려고 하는 비프의 노력과 좌절과 자기 인식, 둘째 아들 해피가 아버지의 뜻을 이어 성공에 대한 의지를 피력하는 부분은 가로축으로 볼 수 있을 것이다. 그리고 이 세로축과 가로축이 뻗어 나가는 기준점으로, 아파트에 둘러싸인 윌리의 집과 집을 지키는 린다가 위치하고 있다.

아서 밀러는 극작가로 성공한 자신 앞에 나타난 세일즈맨 친척 아저씨가, 자기 아들 역시 승승장구하고 있다며 허풍을 떨던 모습에서 작품의 직접적인 모티프를 따왔다고 자서전에서 밝힌 바 있다. 성공한 버나드 앞에서 자신의 아들 비프가 '엄청나게 잘나가고 있다.'라고 거짓말을 하는 세일즈맨 윌리의 모습이 언뜻 겹쳐지는 부분이다. 그것은 그저 작가의 개인적 경험에 그치지 않는다. 누구나 어려운 시기를 겪으며 자식에게 기대를 걸고, 거짓말을 해서라도 그런 기대를 깨고 싶어 하지 않는 아버지의 절망적인 노력에 깊이 공감할 수 있기 때문이다. 극 속에서 윌리는 계속 1928년으로 되돌아가는데, 이때는 민주당 경선에서 북부와 도시 지역을 대변하는 앨 스미스가 승리하던 해이며, 윌리의 빨간 셰비 자동차를 아들들이 반짝반짝하게 닦아 놓던 때이고, 언제나 새로운 좋은 일이 기다리고 있으며 집에 가면 그를 깍듯이 섬기는 가족 덕분에 가방을 들고 있을 필요조차 없던 때, 주당 커미션만 170달러를 넘던 때, 그리고 무엇보다 아들 비프가 유망한 미식축구 선수로 아무 대학이든지 고르기만 하면 갈 수 있을 것 같았던 때로 기억된다. 이 시기는 제1차 세계 대전 이후 1929년 대공황 직전으로, 미국이 세계의 자본가로 득세하던 시절이기도 했다. 활발한 물자 생산은 그것을 수요자와 연결하는 세일즈맨을 필요로 하였고, 세일즈맨은 얼마나 발이 넓고 선을 잘 대어 바이어와 연결을 잘할 수 있는지, 바이어에게 얼마나 좋은 인상을 주어 높은 실적을 올릴 수 있는지에 따라 인정받거나 도태되었다. 극 중 전설적인 세일즈맨으로 기억되는 데이브 싱글먼은, 이후 세대가 대공황으로 경제적 붕괴를 겪으며 아메리칸드림에 대한 불안과 회의를 느끼기 전의 순수함과 자신감을 대변하는 상징이라 할 수 있다.

아서 밀러는 이처럼 개인과 국가의 기억을 과거와 현재를 오가면서 펼쳐 보이는데, 그것이 제한된 시간과 공간을 유연하게 넘나들며 개인의 정신적 방황을 그리는 드라마와 사회극의 형식을 고루 취한다는 점에서 더욱 의미가 깊다. 밀러는 이 작품의 제목으로 '그의 머릿속(The Inside of His Head)', 보험금을 제때 납입하지 못한 시기를 뜻하는 '유예 기간(A Period of Grace)' 등을 생각했는데, 이 제목들은 '세일즈맨의 죽음'이 내포한 지극히 개인적인 자유 연상과 사회극이라는 두 측면을 각각 대변하고 있다 할 것이다. 좌파적 사회극은 1930년대 미국 극에서 물려받은 유산이라고 할 수 있으나, 개인적 의식의 흐름을 빠르고 선명하게 드러내는 방식은 밀러만의 혁신적인 무대 사용에 힘입은 바 크다. 윌리는 현재 자기 집 부엌에서 친구 찰리와 카드놀이를 하지만 동시에 죽은 형 벤과 얘기를 나누며, 현실 속 부엌 공간은 과거를 넘나들면서 본래 영역이 깨지고 벽이 사라지기도 한다. 초연 당시 무대 디자이너 조 밀츠너는 반투명하게 비치는 무대 배경과 관객에게 일부만 보이는 입체적인 2층 무대를 설정하는 등, 지금 여기에서 여기가 아닌 곳의 이야기로 수월하게 전이될 수 있도록 무대를 설치하여 작가가 의도한 효과를 배가했다.

이처럼 현실 사이로 허상이 비집고 들어오는 것을 시각적인 무대 활용을 통해 극명하게 보여 줌으로써, 밀러는 현대극의 주요한 주제 중 하나인 허상과 현실의 대립을 드러낸다. 현대인은 자신의 꿈과 이상이 이루어지지 않는 현실 앞에서 원래의 꿈이 왜곡되는 허상에 집착하고 매달리게 된다. 왜곡되었음에도 허상에 매달릴 수밖에 없는 것은 현실이 점차로 개인을 얽매고 그 존재 가치를 박탈하는 공포스러운 실체로 인식되며, 그나마 자신의 가치를 찾을 수 있는 것은 허상 속에서만 가능하기 때문이다. 이 같은 현상은 오늘의 또 다른 세일즈맨 드라마 『얼음 장수 오다』에서 극명하게 표출되었으며, 과거의 기억에 연연하여 현실을 인정하지 못하고 결국 파멸해 가는 『욕망이라는 이름의 전차』 속 주인공 블랑시에게서도 발견할 수 있다. 이런 허상과 현실 사이의 대립은 현대 이전에는 극의 소재가 아닌 주변적 문제로만 취급되었으나, 현대인들의 감정 구조가 변화함에 따라 현대극의 중요한 주제로 자리 잡았다.

그렇다면 이처럼 일개 소시민이 적대적인 현실 사회 속에서 좌절하다 죽음을 맞는 드라마에 대해 '비극'이라는 명칭을 붙일 수 있을까? '현대에도 비극이 가능한가'라는 화두는 『세일즈맨의 죽음』이 제기하는 또 다른 중요한 논쟁이다. 전통적으로 그리스 비극에서 주인공은 고귀한 신분이며, 그의 운명은 국가나 사회의 운명과 동일시된다. 그는 운명에 맞서 맹렬하게 싸우다 파멸을 맞지만, 그로 인해 자신과 상황에 대한 깨달음을 얻기 때문에 죽음에도 불구하고 승리하는 것이다. 반면 감상적인 인물은 고난을 겪으면서도 그 이유도 결과도 깨닫지 못한 채 죽어 간다는 점에서 비극적 인물과 큰 차이를 보인다. 이 같은 비극적/감상적이라는 대비 구도에 따르면 밀러의 주인공 윌리 로먼은 전형적으로 감상적인 인물에 속한다. 그러나 밀러는 「평범한 사람과 비극」이라는 에세이를 통해 그의 작품에 내재한 비극성을 적극 옹호한 바 있다. 그는 현대의 보잘것없는 개인이 지닌 중요성을 부각하면서, 현대에 와서는 태생적 지위가 아니라 개인이 우주의 정해진 질서를 찢고 나옴으로써 그의 위치나 규모가 극적으로 확대되는 순간을 획득한다고 말한다. 밀러는 작품 속에서 비프의 입을 빌려 윌리에게 그 같은 위치를 부여한다.

비프　당신은 방금 왕이 걸어 나가시는 걸 본 거요. 고난을 겪는 훌륭한 왕이죠. 열심히 일했지만 아무도 알아주지 않는 왕이요. 무슨 말인지 알아요? 멋지고 믿음직한 아버지였어요. 항상 자식들만 생각하고.

물론 윌리 로먼이 이 같은 위치를 얻기 위해 작가의 말처럼 '우주의 정해진 질서를 찢는' 것과 같은 적극적인 행동을 하는지는 미심쩍고, 오히려 가혹한 현실과 사회에 짓밟히는 수동적 인간형에 그치는 게 아닌가 하는 의구심마저 든다. 그러나 작가가 자신의 작품이 지닌 강렬한 느낌을 고대 비극에 버금가는 고귀한 감정으로 적극적으로 끌어올리는 점은 의미가 깊다. 비극을 적극적인 영웅의 극, 그러나 지나가 버린 시대에만 가능한 극이 아니라 지금 여기 소시민에게도 가능한 극 개념으로 살려 내고 있는 것이다. 평론가 레이먼드 윌리엄스는 이를 두고, 영웅 중심적인 비극이 현대에 와서 희생자 중심의 비극으로 바뀌었다고 말한다. 윌리의 아내 린다가 아들들에게 이야기 하는 부분을 보면, 소시민 윌리의 삶과 죽음이 관객에게 불러일으키는 감정은 매우 즉자적이고 감상적인 차원의 것이다. 모든 관객은 이같이 강렬한 인간적 변호에 대해 마음 깊은 곳에서 반응할 수밖에 없다.

린다   아버지가 훌륭한 분이라고는 하지 않겠다. 윌리 로 먼은 엄청나게 돈을 번 적도 없어. 신문에 이름이 실린 적도 없지. 세상에서 가장 훌륭한 인품을 가진 것도 아니야. 그렇지만 그이는 한 인간이야. 그리고 무언가 무서운 일이 그에게 일어나고 있어. 그러니 관심을 기울여 주어야 해. 늙은 개처럼 무덤 속으로 굴러떨어지는 일이 있어서는 안 돼. 이런 사람에게도 관심이, 관심이 필요하다고.

『세일즈맨의 죽음』이 반세기 동안 꾸준히 시공을 초월한 인기를 누리는 데에는 이처럼 그 소재가 인간사의 보편적 소재인 가족, 특히 부자간의 갈등에 기초하고 있고, 개인의 꿈과 희망이 현실과 조화하지 못하고 뒤틀리다가 사라져 가는 과정을 누구나 공감할 수 있게 그려 내고 있기 때문일 것이다. 또한 매우 사실적인 배경과 언어를 근간으로 하면서도 순간적으로 폭발하는 과장되고 극적인 대사와 상황, 그리고 인간에 대한 도덕적 판단과 엄정한 평가 이전의 감상적인 연민과 동정, 감정의 과잉, 상황을 해결하는 멜로드라마적인 구조에 크게 힘입고 있음을 알게 된다. 작품을 자세히 읽다 보면 문장 성립이 안 되거나 주제가 도약하는 부분이 많은데, 그것은 현대를 사는 서민들의 언어 생활, 특히 윌리 로먼의 오락가락하는 생각의 실마리를 보여 주는 아주 효과적인 방식이면서, 동시에 느낌과 감정을 중심으로 극적 전개를 구성하는 방식으로 사용되고 있다.

『세일즈맨의 죽음』이 이처럼 감상적인 극적 구조와 상황 전개에 기초하고 있다는 평가는 자칫 작품에 대한 폄하로 비칠 수도 있다. 그러나 이 작품은 논리적 전개와 엄격한 시간 틀, 그리고 사적 공간과 공적 공간을 두루 아우르는 혁신적인 무대 디자인으로 짜여 있다는 점을 잊어서는 안 된다. 그 같은 치밀한 구조와 함께 비언어적(非言語的)이고 비지적(非知的)인 방식으로 관객에게 강한 각성을 촉구하기 때문에 더 큰 호소력과 감동을 선사하는 것이다. 주인공 윌리는 끝까지 올바른 판단에 이르지 못하고 결국 자살을 선택하는데, 이는 비정한 사회와 현실에 희생되는 개인의 모습에 가깝다. 그러나 아들 비프는 이를 통해 자신에 대한 올바른 인식에 이르며, 그 같은 인식과 각성은 『세일즈맨의 죽음』을 보고 있는 관객의 몫이기도 한 것이다.

2009년 8월
강유나

작가 연보

1915년   10월 17일, 아서 애스터 밀러(Arthur Aster Miller), 뉴
            욕 시에서 출생.

1920~1928년   할렘에서 공립학교 다님.

1923년   슈버트 극장에서 처음으로 연극을 봄.

1928년   아버지의 사업 침체로 인해 브루클린으로 이사.

1930~1933년   고등학교 두 곳을 옮겨 다니며 미식축구
            부원으로 활동하는 한편 빵집에서 배달 아르
            바이트, 여름 방학에는 아버지의 사업을 도와
            일함.

1933~1934년   고등학교 졸업 후 시티 칼리지 야간부에
            등록하나 두 주 만에 자퇴. 자동차 부품 회사
            에서 점원으로 일함.

1934년   미시건 대학 입학. 전공은 언론학으로, 대학 신
            문 기자 및 야간 편집자 생활.

1936~1937년	엿새 만에 『악당은 없다(No Villain)』 탈고. 홉우드 드라마 상(Hopwood Award in Drama) 수상. 영문과로 옮김.
1937년	케네스 T. 로(Kenneth T. Rowe) 교수에게 극작 수업 받음. 『악당은 없다』를 개작한 『다시 일어서는 그들(They Too Arise)』로 신인 작가상 수상. 이 작품은 앤아버 및 디트로이트 지역에서 공연됨. 스페인 내전에 참전하지 않기로 결정.
1938년	『위대한 불복종(The Great Disobedience)』으로 홉우드 드라마 상 2위 수상. 대학 졸업 후 할리우드의 20세기 폭스사에서 좋은 조건에 대본 작가로 촉탁받으나 거절하고 뉴욕 시 연방 연극 프로젝트(Federal Theater Project)에 참가해 라디오 극과 드라마 창작 활동.
1940년	메리 그레이스 슬래터리(Mary Grace Slattery)와 결혼.
1941년	브루클린 해군 조선소에서 선박 부품 설비의 야간 보조 용역으로 일하면서 라디오 드라마 창작.
1944년	「행운의 사나이(The Man Who Had All the Luck)」가 브로드웨이에서 초연. 2회의 프리뷰 포함 6회의 공연 끝에 막을 내림.
1945년	소설 『포커스(Focus)』 출판. 《신대중(New Masses)》에 「에즈라 파운드는 총살되어야 하는가?」 기고.

1947년	「모두가 내 아들들(All My Sons)」 초연, 뉴욕 연극 비평가상 수상.
1948년	코네티컷에서 『세일즈맨의 죽음』 탈고. 유럽 여행 중 유대인 수용소의 생존자들 만남.
1949년	「세일즈맨의 죽음」 초연, 퓰리처 상과 뉴욕 연극비평가상 수상. 《뉴욕 타임스》에 에세이 「평범한 사람과 비극(Tragedy and the Common Man)」 기고. '세계 평화를 위한 친 소비에트 문화 과학 컨퍼런스'에 예술 분야 의장 자격으로 참석.
1950년	헨릭 입센의 『인민의 적(An Enemy of the People)』 각색, 초연. 「갈고리(The Hook)」가 HUAC(House Un-American Activities Committee, 반미 활동 조사 위원회)의 압력으로 공연되지 못함.
1952년	『시련(The Crucible)』의 자료 조사차 세일럼의 마녀 박물관 방문.
1953년	「시련」 초연.
1955년	단막극 「다리에서 본 풍경(A View from the Bridge)」 공연.
1956년	네바다에 거주하면서 메리 슬래터리와 이혼. 「부적응자(The Misfits)」 자료 조사. 영화배우 메릴린 먼로와 결혼. HUAC 출두.
1957년	『아서 밀러 에세이 선집(Arthur Miller's Collected Essays)』 출판. HUAC에서 반미 지식인의 이름 대기를 거부했다는 이유로 의회 모욕죄로

기소됨. 단편소설 「부적응자」 발표.

1958년   항소심에서 의회 모욕죄 혐의 무죄 판결.

1961년   먼로와 이혼. 「부적응자」 영화 개봉.

1962년   오스트리아 출신 사진작가 잉게 모라스(Inge
            Morath)와 결혼.

1964년   잉게와 함께 독일의 유대인 수용소와 프랑크
            푸르트 나치 전범 재판 참관. 「추락 이후(After
            the Fall)」와 「비시에서 생긴 일(Incident at Vichy)」
            초연.

1965년   국제문인협회(PEN) 회장으로 선출.

1978년   『아서 밀러의 연극 평론(The Theater Essays of Arthur
            Miller)』, 로버트 A. 마틴 편집으로 출간.

1981년   『아서 밀러 희곡 선집』 전2권 출간.

1983년   중국 베이징 인민 극장에서 「세일즈맨의 죽음」
            연출.

1987년   자서전 『시간의 굴곡(Timebends)』 출간.

1991년   단막극 「마지막 양키(The Last Yankee)」 공연. 「모건
            산을 내려가다(The Ride Down Mount Morgan)」
            런던에서 초연.

2005년   2월 10일 코네티컷 자택에서 심장마비로 사망.

세계문학전집 218

세일즈맨의 죽음

1판 1쇄 펴냄 2009년 8월 31일
1판 35쇄 펴냄 2024년 1월 17일

지은이 아서 밀러
옮긴이 강유나
발행인 박근섭, 박상준
펴낸곳 (주)민음사

출판등록 1966. 5. 19. (제 16-490호)
서울특별시 강남구 도산대로1길 62(신사동) 강남출판문화센터 5층 (우편번호 06027)
대표전화 02-515-2000 팩시밀리 02-515-2007
www.minumsa.com

ISBN 978-89-374-6218-4 04800
ISBN 978-89-374-6000-5 (세트)

* 잘못 만들어진 책은 구입처에서 교환해 드립니다.

세계문학전집 목록

세계문학전집은 계속 간행됩니다.